KB049951

풍경이 숨 쉬는 창

풍경이 숨 쉬는 창

초판 1쇄 인쇄일 2018년 12월 11일
초판 1쇄 발행일 2018년 12월 18일

지은이 정영희
펴낸이 양옥매
디자인 표지혜 송다희
표지화 이존립

펴낸곳 도서출판 책과나무
출판등록 제2012-000376
주소 서울특별시 마포구 방울내로 79 이노빌딩 302호
대표전화 02.372.1537 **팩스** 02.372.1538
이메일 booknamu2007@naver.com
홈페이지 www.booknamu.com
ISBN 979-11-5776-652-9 (03810)

이 도서의 국립중앙도서관 출판시도서목록(CIP)은 서지정보유통지원 시스템
홈페이지(http://seoji.nl.go.kr)와 국가자료공동목록시스템
(http://www.nl.go.kr/kolisnet)에서 이용하실 수 있습니다.
(CIP제어번호 : CIP2018039768)

*이 책은 문화체육관광부와 (재)전라남도문화관광재단의 기금을 보조받아 발간되었습니다.

풍경이 숨 쉬는 창

정영희 산문집

책과나무

'풍경이 숨 쉬는 창窓'을 열며

시도, 산문도 아니고, 칼럼도 아닌 것 같아 어설프다. 설익게 세상 풍경을 이야기하다 보니 생니를 뽑는 것처럼 아프기도 하고 시원하다.

어쩌자고 알아듣지 못하는 시를 쓰고, 칼럼을 쓰고, 한술 더 떠, 산문이라는 냇가에 발을 담갔는지 모르겠다. 풀꽃에나 눈독을 들이다가 허름한 식당에 들러 국밥 냄새나 맡는 게 훨씬 맛있을 텐데 말이다.

풍경이 숨 쉬는 창을 여니 넓고 환한 세상이다. 창밖 풍광이 아름답다 못해 시큰하다. 보이는 사람에게만 보인다는 세상 모습에 가슴이 두근거린다. 너끈하게 보여 주지만 한 움큼 다 안을 수 없다.

먼발치에서 그저 입맛만 다시고 있는 게 아픔이라면 풍경이 주는 의미는 오래된 그리움이라고 해야겠다. 참, 당신은 창밖 풍경 때문에 눈물 닦은 적 있었나 모르겠다.

풍경이 살아 숨 쉬는 이유는 삶의 역동성 때문이다. 보이는 게 나무와 풀, 바다만이 아니다. 굴뚝과 짐승, 녹슨 자전거에 보이지 않는 하찮은 것들까지, 시궁창에서 먹물을 뻐끔거리는 빈 병도 살아 있어 풍경이다. 조각자나무 가시에 찔려도 고통이어서 축제다. 삶이 고통의 축제라고 하지만 축제이기에 견딜 만하다.

『선암사 해우소 옆 홍매화』에 이어 두 번째 시집 『아침햇빛편의점』을 출간했더니 부끄럽게 인사가 만개하였다. 넙죽 절을 올린다.
그동안 제쳐 놓았던 일상의 느낌을 적은 산문집 『풍경이 숨 쉬는 창』을 내놓는다. 주변 풍경이나 교육과 관련한 소재를 찾다 보니 중언부언 쓸데없는 말이 많아졌다.

긍정의 힘을 믿는다. 밑진 사회에 대한 말씨름으로 다리걸기가 잦았다. 아나키스트(anarchist)가 된 것 같아 가뿐할 뿐이다.

불 가마솥에 여름이 풍덩, 빠지더니 단풍이 선연하다 못해 핏빛이다. 피아골 삼홍소(三紅沼)를 돌아 연곡사 가을찻집에나 잠깐 들러야겠다.

2018년 12월
첫눈을 기다리며

제 3 부

바람난 여자

제 4 부

풀꽃이 아름다운 이유

제 1 부

억새여, 바람이여

억새여, 바람이여

바람과 억새의 공생, 밀회 아닌
사랑의 진통으로 출산한 인격체

　때론 중심이 아닌 바깥이어서 더 좋을 때가 있다. 중심이 갖는 팽팽한 긴장감이나 불가항력적 구속에서 벗어나 흐트러진 주변의 자유로움을 누릴 수 있는 풍경을 보는 일이 그것이다. 그렇다고 나태하거나 함부로 나대는 것도 아니어서 변두리 나름의 존재의 질서에서 오는 그런 여유로움이다. 여기에 가을바람이라도 살랑거리면 낯이 간지러워 억새에 볼이라도 비벼야 실눈을 뜰 수 있는 해창 벌판, 그 벼 이삭에서 증발한 누런 물방울이 실개천을 이루며 흘러간다.

　황금 들판이란 말은 적절한 표현이 아니다. 황금이 들판을 이룬다고 해야 맞다. 벼는 농부의 숨소리를 듣고 자란다고 하지만 이것도 맞는 말이 아니다. 너른 들판에 서 보지 않은 사람들이 튕기는 거문고 소리 같아서 아무리 북을 쳐도 소고 소리를 내는 것과 같으니 말이다. 황금 궤를 누릴 권리는 햇볕의 질에 달려 있다는 걸 새벽 농부만이 안다. 빼곡히 박힌 석류와 흡사한 벼 이삭은 햇볕의 질도 질이지만 농부가 뭉치는 노동의 질감들이 토실토실 박힌 것이다.

　순천만을 끼고 돌아가는 들길에 억새 군락이 점점이 떠 있다. 뭉게구름이라면 너무 높거나 가볍고, 물안개라면 너무 무거워 땅바닥에 가깝다. 가깝다고 모두 이웃이 되는 것이 아니기에 저만큼의 거리를 두고 끼리끼리 또래를 이루고 있는 건 아닌지 차에서 내려 물어볼 일, 직선의 협궤에서 피워 올리는 야생의 의지로 보아 억새를 아무래도 부드러운 직선이라고 불러야겠다. 품새가 너무 억세 억새라고 불렀을지언정, 탄력이라는 방식의 허리로 억새는 자줏빛 기품을 손수 지어낸 것이다. 그래서 순천만을 변주의 가락을 타고 물 위에서 통통 튀는 빗방울이라 불러도 좋겠다.

억새가 억센 이유에도 불구하고 사랑받는 이유가 부드러움에 있다. 유연한 손놀림을 구사하는 비밀은 은닉된 바람의 속살에 있으니 흔들리지 않는 바람은 억새가 아니다. 상생을 위해 서로 나눠야 할 몫을 엄격하게 구분하여 즐기는 철학이 있다. 바람을 잘게 쪼개 허공을 채워야 할 날렵한 손가락은 억새의 몫이요, 살았어도 죽어 있는 척, 깨워 흔드는 일은 바람이 저질러야 할 불륜이다. 그러니 바람과 억새의 공생은 둘만의 밀회가 아니라 사랑의 진통으로 출산한 인격체라는 걸 알아야 한다.

억새 바람에 한 번쯤 날카롭게 부딪쳐야 비로소 가을을 보았다고 말할수 있다. 그래서 가을의 또 다른 변주를 '억새 바람'이라고 불러야겠다. 가을이라고 쓰고 억새 바람이라고 읽어도 가위질할 사람 없다. 저물녘, 죽음을 불사하고 태양과 정면 대치하는 억새의 기개야말로 해창 벌판에서 볼 수 있는 카이로스, 즉 호기인 것이다. 억새의 산방꽃차례에서 뿜어나오는 햇살을 이 글을 읽는 이에게 한 움큼씩 나눠 드려야겠다.

누대에 걸친 가을이라고 으레 을씨년스럽게 당신 혼자여선 안 된다. 살아 있는 자의 고독이어야 한다면 해창 억새 바람에 기대어 누런 들판을 읽어 보라. 당신의 얼굴에서 묻어 나오는 지난여름의 짭짤한 각질들이 양파처럼 솔솔 벗겨질 것이다. 그러다가 흐르는 실개울에 얼굴을 담가 보라. 열대야 같은 현실에 분개하거나 억울해하는 이에게는 억새 바람이 상쾌한 수건 노릇을 할 줄 모른다.

증세도 아니고 연금 개악도 아니라며 오로지 민생 경제만을 위한다는 사람들이 수두룩하다. 그들에게 추계 억새 축제 기념으로 바람 한 컵 건 배사로 올리는 일도 괜찮겠다. 속 좀 챙기시라고.

바람과 억새, 불륜의 끝이 어딜까?

언어의 품격

언어, 자신의 품격을 결정하는 잣대

거슬린 말, 부메랑이 되어 자기 향해

'신언서판(身言書判)'이라는 말이 있습니다. 이 말은 중국 당나라 때 관리를 채용하는 국가시험에서 사람의 됨됨이를 평가하는 기준으로 삼았던 네 가지 항목입니다. 그런데 외모는 화장술로 가릴 수 있다 해도 말씨는 억지로 꾸미기가 어려우니 사람의 품격은 대체로 언어 사용, 즉 말씨에서 극명하게 드러난다는 뜻이지요. 무엇보다 일상 대화에서 언어를 어떻게 사용하는지에 따라 당사자 품격을 판단하는 우선순위로 삼았다는 말입니다.

구전에 의하면 품격 있는 사람이 갖춰야 할 다섯 가지 덕목이 있다고 했습니다. 그중 첫 번째가 상대방에 대한 존경과 배려를 담은 말씨요, 다음이 솜씨, 맵시, 글씨, 마음씨라고 합니다. 가벼운 이야기처럼 들릴 줄 모르나 찬찬히 들여다보면 꼭 맞는 말입니다. 정성 들여 맛있게 음식을 만드는 솜씨, 반듯한 옷차림에서 향기처럼 배어나는 맵시, 마음의 거울이라며 반듯함을 강조했던 글씨, 무엇보다 이 모든 것을 다 담아내는 마음씨가 채워졌을 때 비로소 사람의 품격이 완성된다는 것입니다.

언어는 인간관계 형성의 매개체임은 물론, 쌍방 간의 소통을 위한 유용한 도구입니다. 대화를 통해 각종 정보를 공유하고 희로애락을 함께 맛보기도 합니다. 인터넷매체가 발달한 현대 사회는 좋든 싫든 수많은 정보에 노출되어 있습니다. 그러기에 단 한 번의 말실수로 인해 곤경에 처하거나 시비에 휘말려 나락으로 떨어지는 경우가 비일비재하지요. 기쁨과 노여움은 마음속에 있고, 말은 입에서 나오는 것이니 신중히 하라는 경고임이 틀림없습니다. 그런데도 어떤 이는 상대방에게 막말이나 인격 모독적 발언을 서슴지 않아 사회적 물의를 빚거나 손가락질의 대상에 오릅니다.

별 뜻 없이 던진 말일지라도 듣는 사람에 따라 치명상을 입는 경우가 종종 있습니다. 말이 입힌 상처는 칼이 입힌 상처보다 훨씬 깊습니다. 수치심이나 모욕감을 줄 수 있는 절제되지 않은 언어 표현을 자제하라는 의미겠지요. 자기 생각과 입장 차에 따라 갈등과 반목은 있게 마련입니다. 문제는 갈등을 합리적으로 해결하거나 상생을 위한 처치가 필요함에도 안하무인의 독설로 인해 돌이킬 수 없는 상황으로 치닫기도 한다는 것입니다. 그러기에 비웃거나 정제되지 않은 언어 구사는 자신의 인격까지 의심받는 빌미가 된다는 걸 명심해야 합니다.

근래에 사회적 반향을 크게 불러일으킨 아동 학대 사건도 결과만 따져 보면 물리적인 폭력에 묻혀 언어폭력은 대수롭지 않게 보입니다. 그러나 아동 학대는 신체적·물리적 폭력뿐만 아니라 언어폭력도 반드시 수반된다는 사실을 잊어선 안 됩니다. 함부로 내뱉는 독약 같은 언어가 신체 폭력과 상승 작용을 일으키면서 아이에게는 극도의 불안과 공포감을 줄 수 있다는 사실을 알아야 합니다. 그런데 사건의 초점은 항상 신체적 학대나 폭력 행위에만 맞춰져 있다는 게 문제이지요.

언어폭력은 아동 학대의 모태이자 시작입니다. 자녀의 인격을 살해하는 행위와 다름없기에 사소할지라도 경계해야 할 일입니다. 요샛말로 갑질에 익숙한 무리이거나 유아독존적 사고방식에서 벗어나지 못한 천박한 사람들이 하는 짓이지요. 자제력이 모자라 온갖 비어나 속어를 남발하는 사람은 어느 집단에나 존재합니다. 그들에겐 언어의 칼날로 모든 것을 재단하려는 불순한 의도나 자기 충동 해소를 위한 이중적 장치가 숨어 있지는 않나 의문이 들기도 합니다.

말은 가려서 해야 한다는 게 보통 사람들의 상식입니다. 학생들이나 대중 앞에서 앞뒤 없이 저급하고 비열한 언어를 함부로 내뱉는 일은 해선 안 될 일입니다. 잘못을 파헤쳐 침소봉대하거나 비난을 일삼는 것은 삼류 정치판에서나 있을 법한 일이니까요. 아무리 큰 잘못을 저질렀다 해도 해야 할 말과 해선 안 될 말이 있습니다.

『논어』에서 군자는 어떤 말이든 자기가 말한 내용이 지나치면 부끄러워해야 한다고 했습니다. 잠시 사라졌다고 하나 귀에 거슬렸던 말은 언젠가는 부메랑이 되어 자신을 향한다는 사실을 기억해야 합니다.

단언컨대, 어떤 말을 하느냐에 따라 자신의 품격을 결정하는 잣대가 된다는 걸 잊지 않아야 합니다. 언어는 사람의 품격을 가늠하는 잣대입니다. 오죽하면 말 한마디로 천 냥 빚을 갚는다고 선현들이 말했을까요.

언어의 품격, 짧은 행간의 의미를 되새김질해 보았으면 합니다.

광화문에서

광화문통 인파에 떠밀리다 보면 건너편 교보빌딩 벽에 걸린 대형 걸개 그림을 만납니다. 오다가다 우연히 접하는 일이지만 읽다 보면 촌철살인의 시구가 땀에 전 영혼을 말갛게 헹궈 주는 느낌입니다. 시인의 맛깔난 작품을 촌각에 만날 수 있어서도 좋지만, 속뜻을 오물거려야 하는 몇 초의 몰입에서 오는 망각의 여유입니다.

시는 주변의 사물이나 자연현상을 관조하되, 낯설게 하거나 고정관념을 과감하게 파괴함으로써 통쾌감을 줍니다. 함축적인 언어로 삶을 맛있게 묘사한 걸개그림, 그림과 글이 한 편의 인생 같아 짙어 가는 유월에 내 몸에 초록이 물들 지경입니다. 때로는 삶에 지친 세상을 위한 위로와 위안으로, 평화와 안식으로, 감동과 재미를 몽땅 선사하는 꽃다발로 이만한 선물 꾸러미가 없습니다.

자세히 보아야 예쁘다
오래 보아야 사랑스럽다
너도 그렇다

– 나태주의 「풀꽃」 전문

사람이 온다는 건

실로 어마어마한 일이다

한 사람의 일생이 오기 때문이다

- 정현종의 「방문객」 일부

두 번은 없다

반복되는 하루는 단 한 번도 없다

그러므로 너는 아름답다

- 비슬라마 쉼보르스카의 「두 번은 없다」 일부

꽃피기 전 봄 산처럼

꽃 핀 봄 산처럼

꽃 지는 봄 산처럼

꽃 진 봄 산처럼

나도 누군가의 가슴

한번 울렁여 보았으면

- 함민복의 「마흔 번째 봄」 전문

올여름에는 동시 작가인 이준관 시인의 「구부러진 길」이 뛰어 올라가 행인의 발목을 사로잡습니다.

'구부러진 길이 좋다 / 들꽃 피고 / 별도 많이 뜨는 / 구부러진 길 같은 사람이 좋다'고 외칩니다. 반듯하게 포장된 아스팔트길을 걷는 일보다 비록 비포장의 황톳길이지만 멀어서 늦더라도 구부러진 길모퉁이를 돌아가는 게 행복한 삶이라면, 인생의 맛과 멋을 즐기며 살아가라는 상큼한 조언입니다. 그래야 길이 지워지거나 끊어져 안데스 협곡을 맨발로 건너는 극한의 고통은 피하게 될 테니까요.

때론 강력한 직선의 힘으로 밀어붙여야 할 때가 있습니다. 이때는 반드시 해내지 않으면 안 되는 절체절명의 화두를 풀어야 하는 경우겠지요. 내륙을 관통하는 중앙선 철로는 그야말로 무쇠처럼 질기고 야무져야겠지만, 활시위 같은 팽팽한 긴장감에 목덜미가 뻐근해지는 걸 감수해야 합니다. 그러나 한발 물러 관객의 시선으로 바라다보면 산허리를 휘어 감고 돌아가는 철로도 어김없이 구부러져 느슨한 풍경이니까요. 차마고도의 구절양장 같은 길이 주는 재미를 음미하려면 한 번쯤 찾아가도 좋겠습니다.

얼마 전 우리 지역 출신 소설가 한승원의 딸로만 기억되던 시인이자 소설가인 한강이 큰일을 해냈습니다. 세계 3대 문학상으로 평가받는 맨 부커상(Man Booker Prize)을 수상했으니 한국문학계의 일대 경사이지요. 맨 부커상은 영국의 권위 있는 문학상으로 영어로 가장 뛰어난 작품을 쓴 이에게 매년 주어지는 상입니다.

'그런데 번역가 데버러 스미스의 한국어 실력이 없었던들 수상이 가능했을까?'라는 생각에 이르자 그의 탐미주의적 번역 감각에 다시 한번 감탄할 수밖에 없었습니다. 더하여 전라도 굽이굽이 황톳길을 느긋이 걸어간 덕분에 얻은 결과라고 한다면 너무 작위적인 해석일까요? 시가 됐든, 소설이 됐든, 음악·미술이 됐든, 예술의 어느 장르든 간에 한국인의 저력은 높게 평가받고 또 받아야 마땅할 일입니다.

학교에서도 상상력과 창의력을 기르는 문화 감성 예술 교육을 강화하겠다고 했으니 앞으로 교육부의 의중을 주의 깊게 지켜봐야겠습니다. 문화 예술 창작은 학생들의 상상력 극대화를 통한 창의력 함양뿐만 아니라 자원 부족 국가인 우리로서는 국가 융성의 한 축이 문화 예술 교육에 달려 있다는 걸 확실히 증명해 보여야 하니까요. 광화문 거리가 민주화 촛불의 상징뿐만 아니라 국민의 감성지수를 높이는 문화 예술의 광장이 되었으면 합니다.

드림 소사이어티(Dream Society), 지금은 꿈과 감성을 파는 시대입니다.

제가 '아버지'를 소재로 쓴 시 한 편 감상하시지요.

팔순을 넘기면서
이제부턴 세상을 덤으로 산다고 하시던
늦도록 저문 봄날
아버지
마당 이곳저곳 말간 똥을 부려 놓으셨다
어찌나 재미있게 늘어놓으셨는지
토방에서 내려다봐도 민들레를 닮아
한참 턱을 고고 바라보았다
아버지께서 평생 동안 가꾸어 오신 꽃이리라
함부로 밟지도 뽑지도 않겠노라 다짐했다
두엄 썩는 냄새는 어쩔 수 없었지만

내 언 발목을 덮을 탓검불이라도 되려

민들레를 피우고 계셨다는 것을

늦은 봄날이 세 번이나

지난 뒤에야 알았다

- 「민들레」 전문

왕의 귀환

민족 정체성, 공동체 형성
국어와 한국사 교육에 달려

병인양요 때 약탈당한 대표적인 문화재 중 강화도 외규장각에서 보관 중이던 『조선 의궤(儀軌)』가 돌아왔다. 『조선 의궤』란 조선 왕실이나 국가 주요 행사 내용을 정리한 기록물로 사료적 가치가 매우 높은 국보급 문화재이기에 우리의 관심을 끌 만하다. 그런데 『조선 의궤』의 환수 조치를 놓고 '반환이냐, 임대냐?'로 의견이 엇갈리니 묘한 일이다. 국가 간 중대 사안을 두고 서로 다른 목소리를 내고 있어 잘못하면 외교적 마찰이 일어날까 걱정스럽다.

임대가 아닌 실질적 환수 조치라는 입장은 국보급 문화재를 어떻게든 국내로 들여왔다는 쪽에 무게를 두고 국민적 관심을 끌어들이려 한다. 그럴 것이 그동안 침탈된 문화재를 되찾기 위한 노력의 결과를 외교적 성과로 과대 포장하려는 사람들의 노림수다. 반대쪽 사람들은 영구 반환이 아닌 시한부 임대 차원에서 들어온 것이라 매번 계약을 다시 해야 한다며 목청을 높인다. 계약 위반 시 다시 환수 조치를 당할 수도 있다는 우려인데, 당국 간에 합의한 부실투성이 약속을 증거로 내세워 실질적인 반환을 요구하는 측이다. 누구의 말이 옳은지 혼란스럽기는 하나 국보급 귀중한 문화재가 국내로 돌아왔다는 데 의미를 두고 싶긴 하다. 그러나 볼모로 잡혀갔던 왕세자가 돌아왔다고 해서 왕의 귀환이라고 하는 것은 지나친 비약이다.

반환에 따른 또 다른 이면 계약이 있는지 두고 볼 일이지만 왕의 귀환이라고 스스로 자칭하는 일은 역사적 의미는 차치하더라도 국민의 한 사람으로서 자존심이 상하는 일이다. 서구 열강의 힘에 눌려 그동안 빼앗긴 문화재조차 제대로 파악이 안 되는 게 현실이고 보면, 민족의 정체성과 공동체를 논하며 호들갑을 떠는 지식인들이 무얼 믿고 그러는지 모르겠다. 적어도 국가의 정체성을 논하기에 앞서 민족사의 흐름은 학생들이 알아야 한다. 국가의 이력도 모르고 자라나는 학생들에게 자꾸 통일 교육을 외치면 무슨 소용이 있겠는가 말이다.

영어 몰입 교육 때문인지 국어 교육도 뒷전으로 물러난 듯하다. 잘못하면 영어가 상용어로 될 날도 멀지 않았다. 우리말과 글을 쓰고 읽는 활동이 제대로 되고 있는지 걱정스럽다. 국제화 시대를 살아갈 미래 인재를 양성하려면 뿌리부터 튼튼히 가르쳐야 한다. 그나마 늦게라도 한국사 교육이 살아났으니 다행한 일이 아닐 수 없다.

민족 정체성, 올바른 국어와 한국사 교육에 달려 있다.

불운의 아이콘, 이중섭

원형질적 삶의 갈구에 몸부림치던 화가

가족 해체 시대, 우리에게 보내는 각성제

　서귀포 근처까지 왔다가 맨날 그놈의 한잔 때문에 맥없이 날렸던 시간을 이번에는 꼭 만회하리라 작정한 탓이다. 화가 대향(大鄕) 이중섭의 생을 소재로 한 시, 「섶섬이 보이는 방」을 읽은 지 벌써 7~8년이 흘렀으니 궁금증도 많이 퇴색했을 법, 조용히 시간을 기다리는 것도 이치라지만 때를 가로질러 가는 일탈도 필요하다는 생각이 든다. '이중섭미술관'에 들어서며.

　피폐한 삶이었지만 죽어서는 신화가 된 요절 작가 이중섭을 팔월의 뙤약볕에서 만났다. 한 평 남짓, 다리를 서로 새끼줄처럼 엮어야 네 식구가 겨우 들어앉았을까 말까? 마당에서 내려다보이는 섶섬마저 없었다면 잘 닳아진 소라 껍데기에 지나지 않았을 생가를 이리저리 기웃거렸다. 부유한 집안의 자손이었기에 그의 삶도 유감없이 풍요로웠을 거란 예감이 여지없이 빗나갔으니, 한국 화단의 거장치곤 그의 생이 너무 초라해 아팠다. 화가의 짧은 생애 동안 서귀포 일 년이 가장 행복한 시절이었다고는 하지만 피난 생활의 잔해가 부엌에 아직 남아 있어 마음 한쪽이 절룩거렸다.

〈소〉 시리즈로 유명한 한국 근대 화단을 대표하는 불후의 화가 이중섭 미술관을 찾는 일은 그리 어렵지 않았다. 서귀포 거리 풍경이 꽤 이국적이어서 종려나무만 따라가면 되었으니까. 이파리 사이로 반짝거리는 윤슬이 아침에만 빛나는 게 아니었다. 발효가 잘된 햇살은 시간이 지날수록 게미를 더하니 잘 깔린 아스팔트마저 여지없이 때려눕힐 기세였다. 발아래 잠잠히 떠 있는 고깃배들은 열대야 때문에 노곤하기 짝이 없는지 어로 작업은 이미 포기해 버린 듯하다. 이국적 풍경에 취한 사람들만 더딘 걸음마로 고갯길을 바쁘게 오르락내리락했다.

기대보다 미술관의 내부는 단출했다. 그래서 황소는 근육질이 더욱 탱탱해 보이고 은박지 그림은 훨씬 작아 보였다. 이중섭 그림은 일반적으로 소를 주된 소재로 삼은 것처럼 알고 있으나 그보다 은박지에 그린 가족과 같은 소품들이 훨씬 많았다. 가난 때문에 생이별해야 했던 이중섭의 뇌리에는 온통 가족에 대한 그리움뿐이었으니 보고 싶은 마음이 서귀포 앞바다보다 더 컸을 것이다. 대한해협을 두고 오갔던 구구절절한 육필에서 그의 삶의 편린을 엿보는 일은 덤으로 얻은 행운이었다.

전쟁이었던, 가난이었던, 화지 구매가 어려워 은박지에 그린 가족의 따뜻한 모습은 가족 해체 시대에 사는 우리에게 보내는 각성의 메시지가 틀림없다. 향토색 짙은 소재와 화풍으로, 때론 사랑을 주제로 한 가족의 그림에서 자식과 아내에 대한 애틋한 정이 묻어났다. 시대가 6 · 25 전후의 암흑기였기에 그 고통이 배가되었을 것, 대한해협을 사이에 두고 주고받던 편지글은 화가이기 이전에 가장의 책임을 다하지 못한 아버지의 속죄양을 담고 있었다.

흔히 이중섭을 불운의 아이콘으로 상징하는 네덜란드 화가 고흐에 많이 비유한다. 삶의 여정에서 묻어나는 체취뿐만 아니라 불꽃처럼 살다 사라진 운명 또한 비슷하다. 당대보다 사후에 더 후한 평가를 받는 일이 요절한 작가들의 공통된 현상이라고 하지만 생시의 몰골이나 행색이 너무 초라하여 적나라하게 표현할 길이 없으니 난, 어차피 가벼운 중생인가 보다. 더욱이 동시대의 아픔을 함께하기 위해 발버둥 쳤던 동료들에 대한 채무 이행도 없이 가 버린 탓에 그 빚 또한 감당하기 힘든 마음의 빚이었을 게다.

섶섬에서 불어오는 갯바람이 미술관을 한 바퀴 맴돌다 나간다. 가난해야 화가가 되는지, 화가는 가난해야 하는지, 어느새 섶섬의 그림자가 해면 위에 길게 늘어선다. 인간의 원형적 삶의 갈구에 몸부림쳤던 화가 이중섭, 그가 떠난 지 육십 년이 되어 가지만 아직도 많은 사람이 회자하는 이유를 조금이나마 알 듯하다.

이중섭의 제주의 삶을 아름다운 필치로 그려 낸 시, 나희덕 시인의 「섶섬이 보이는 방」 일독을 권한다.

우울한 피켓 아래

│ 국민, 망각의 면역체계 형성
│ 수갑 채우는 장면 자주 목격

　아침부터 찜통이다. 믿지 못할 기상예보로 인한 수재에 예측 불능의 정치판이 가세하니 무더위 체감지수가 매일 수직 상승이다. 무엇이 옳고 그른지에 대한 판단도 없이 혼돈의 나락으로 빠져드는 맹폭의 날이다. 에너지 절약에 동참한다며 에어컨도 자제하는 마당에 배부른 자의 식탁에는 한기가 넘쳐흘러 괴성이 만찬이다. 반장 선거가 더 공평하다며 전국의 중고생 팔백여 명이 이른바 시국 선언에 동참했다는 뉴스가 나왔다. 철부지 없다며 평가절하하기에는 학생들의 항변에 나름의 이유가 있다. 책을 덮고 의자를 박차고 왜 거리로 나섰는지 묻는 사람이 없다.

　잘못된 정치 문화에 대한 일대 쇄신을 요구하는 투쟁 방식으로 지식인들이 시국 선언이란 카드를 종종 내민다. 정치 수준과 질을 높여야 국가 장래가 밝아진다는 충정에서 비롯된 일이겠지만, 중·고생들까지 동참하는 경우는 극히 이례적이다. 물론 소수의 특정 학생이라고 가볍게 여길지 모르지만, 파급 효과 면에서는 어느 정치 집단 못지않다. 개성공단 재개 합의는 결렬이고, 용두사미로 끝난 사회 고위층 성 접대 의혹에, 성

추행 사건으로 국가 망신을 초래한 자는 호기를 즐기고 있을지 모른다. 비행기가 토막 나도 서로 책임을 떠넘기고, 거기에 국가정보원 기밀 유출 공방에 국가기록원에 있어야 할 대통령 대화록이 행방불명이다.

수상한 수사관의 이상한 수사 결과는 접어 두고 국지성 폭우 때문이라고 강변하는가 하면, 작업을 강행하다 불어난 강물에 숨진 인부를 두고 천재지변이라고 우긴다. 그러다가 추징금 징수를 위한 가택 압수수색으로 물타기를 하면 흐지부시 마침표를 찍는 게 정치 술수다. 누가 우리더러 백의민족이라 했는지 귀를 의심할 정도다.

부도덕이 미덕인 사회는 쇠고랑을 채워야 기강이 바로 선다. 무분별한 사회 질서 유지와 국리민복을 위해서 발 벗고 나서야 할 사람이 지식층이라면, 우리 사회는 건강한 지식층이 너무 얇아 위태로울 정도다. 절대 아니라고 큰소리쳤던 위인들 손에 갑자기 수갑이 채워지는 장면을 자주 보며 살아온 덕분이다. 우리도 모르게 망각의 면역체계가 형성됐으니 알고도 쉬 잊고 지나가는 게 일상이 되었다.

가난한 잠자리의 새벽 날갯짓이나 바라볼 일이다. 그런데 아직 잠자리가 보이지 않는다. 정치판 불쾌지수가 높아 숲에서 나오지 않고 있을까?

메아리 없는 우울한 피켓 아래, 우리는 살고 있다.

삼십 년 만의 가출

안에서 바깥으로, 이기에서 이타로,
목련의 수려함보다 민들레 행적 눈길

이른 새벽, 가방을 메고 나간다는 일이 제겐 꽤 생소한 일입니다. 우스 갯소리로 삼대에 걸쳐 공을 들여야 주말부부가 된다는데, 제겐 삼십 년 만의 가출이 시작되었으니 즐거움보다는 두려움이 앞서는 것이 저만의 기우인지 모르겠습니다. 어떤 분은 평생을 주말부부라는 직함으로 오작 교에 번지를 두고 사신 분도 계시니 난, 그동안 호사라는 바퀴를 달고 달 려 다닌 셈입니다.

아침에 창을 열어 보니 밤새 다녀간 삼월의 밤비가 아직 덜 취한 붓 자 국처럼 또렷합니다. 제가 발 뻗고 자는 동안에도 자연은 쉬지 않았습니 다. 인간은 수면이라는 기제로 시간을 축냈지만, 자연은 인간을 위하여 밤새 노동을 아끼지 않았으니 정말 고마운 일입니다. 자연에서 배우고 자연에서 삶의 지혜를 찾는 일이 이렇게 어렵습니다. 그러니 세상을 흉 보는 일 없이 곧게 자라는 노송 아래서 단 몇 분이라도 먼 산을 향해 용서 를 빌어야겠습니다.

그런데 참, 부러운 사람이 있습니다. 월요일 아침에 낚싯대로 바다를 낚으러 가는 사람과 쉴 새 없이 바람을 가르며 마라톤을 즐기는 사람들입

28 풍경이 숨 쉬는 창

니다. 거기에 제 키보다 몇 배 무거운 배낭을 메고 설원을 헤쳐 가는 등산 애호가도 빠뜨릴 수 없습니다. 이들의 공통점은 꿈을 현실로 직조해 가는 도전 정신이 강한 사람들이라는 점에서 여간 부러운 게 아닙니다. 역설적이지만 내 오래된 욕망이 작심삼일로 끝날망정 단 한 가지라도 따라 해 보고 싶은데 용기가 나질 않습니다.

가족이라는 이름을 핑계로 함부로 대하는 버릇없는 습관과 평생직장의 고마움도 곰곰이 되새겨 봐야겠습니다. 무엇보다 건강에 대한 소중함을 깨닫는 시간이었으면 좋겠습니다. 그대가 있어 내 의미를 깨닫게 하는 동료들의 배려와 응원도 잊지 않아야겠습니다. 그러나 뭐니 뭐니 해도 인연이라는 질긴 표면장력으로 지금까지 제가 세 들어 살아온 당신의 고마움을 영원히 기억하는 일이 최대의 난제입니다. 그게 다양한 논술형에 고차방정식일지라도 기어이 풀어 가겠습니다.

해가 뉘엿뉘엿 머뭇거립니다. 하루 중 개다리소반에 둘러앉은 가난한 사람들에겐 가장 애가 닳는 해거름입니다. 황사가 분칠을 위해 다녀간 듯 서쪽 하늘이 뿌옇더니 기어이 물방울을 또 뿌립니다. 그러니 집 나갔던 전어도 반드시 귀가를 서두를 모양새입니다. 이쯤에 누룽지 한쪽이라도 곱게 씹어 국물을 우려내야 속이 든든할 것 같습니다. 양념으로 갓 옷고름을 늘어뜨린 머위 이파리를 깔면 잠자리가 한층 편할 것 같습니다.

삼월 내내 지붕 위를 맴돌던 빗방울이 봄 늦도록 징검다리를 놓을 듯합니다. 곳곳에서 벚꽃 숨넘어가는 소리가 요란합니다. 폭죽 터지듯 펑펑 쏟아지는 곳을 따라가 보니 어김없이 꽃들의 축제로 요란합니다. 이런저런 이유로 방 안에서 흡입하는 향기도 향기지만 자연에서 맛보고 느끼는 생동감과 경외감은 비할 바가 아닙니다. 봄이 봄인 것은 안쪽이 아닌 바깥으로, 이기주의에서 이타주의로, 목련의 수려함보다는 민들레의 거친 행적에 먼저 눈길이 닿기 때문입니다.

홍매화를 눈으로 만지작거리다 보니 벌써 춘삼월입니다. 해우소 죽비도 이쯤 해서 내려놔야겠습니다. 이제부터 소소한 일상일지라도 항상 더 낮은 자세로 합장하는 법을 배워 가겠습니다. 작은 일에 분분하여 상처를 주고받는 아둔함도 버려야겠습니다. 주변을 둘러보고 간난에서 희망을 보는 에피쿠로스의 맑은 생을 지어 가겠습니다.

가출 한 달여, 소감문을 당신께 부칩니다.

에듀푸어가 되시렵니까?

| 왜곡된 자녀 교육관 고착
| 부모, 돈 버는 기계로 전락

에듀푸어(Education Poor), 교육 빈곤층을 이르는 말이다. 빚을 내서라도 자식 교육에 올인 하는 가정을 빗대어 표현한 말이라고 하는데, 워킹푸어(Working Poor)나 하우스푸어(House Poor)와 같은 이 시대 우리의 일그러진 자화상 가운데 하나다. 학부모의 과도한 교육열로 인해 가족이 해체되거나 빚더미에 눌려 가정 경제가 파탄 지경에 처한 가정을 가리킨다. 적자 가계를 꾸리면서까지 평균 이상의 사교육에 투자해도 불안감을 떨칠 수 없는 게 에듀푸어의 현실이다.

에듀푸어를 소재로 한 방송 프로그램을 보았다. 자녀를 일류 중학교에 입학시키기 위해 물불을 가리지 않는 아내의 왜곡된 교육관과 자녀 교육 때문에 돈 버는 기계로 전락한 남편에 관한 이야기다. 자녀 진학을 위하는 일이라면 온갖 수단과 방법을 동원하지만 끝내 입시에 실패한다. 그 과정에서 과도한 사교육비 지출과 이해 다툼으로 부부는 이혼에 이르게 되고, 자녀는 자녀대로 방황하다 결국 가정이 와해되는 실화를 다뤘다.

입시교육의 폐해가 심각 수준을 넘어 공멸의 위기에 빠져 있다는 게 공통적인 견해다. 어느 입시학원에서 속칭 SKY대학의 합격자를 분석해 봤더니, 합격자 분포가 부모의 사회적 지위나 경제력에 비례한다는 결과가 나왔다. 막말로 개천에서 용 나는 시대는 갔다는 게 결론이다. 그러니 뱁새가 황새를 따라갈 수 없을 뿐만 아니라 좇는다 해도 가랑이가 찢어져 상처만 남게 된다고 했다.

사교육비의 증가 원인이 선행 학습에 목을 매는 학부모 때문이라고 한다. 이번 대선 후보들은 공교육 정상화 대책으로 사교육비 절감과 선행 학습을 원천적으로 막겠다는 공약을 내놓았다. 공교육 정상화와 맞물린 것이기에 학부모의 최대 관심사로 떠올랐다. 그런데 핵심은 법을 제정해서라도 선행 학습을 유발하는 시험을 금지하겠다는 것이다. 그러나 근본적인 대입 문제를 해결하지 않고선 어떤 성과도 기대할 수 없다는 걸 기억했으면 한다.

사교육비 때문에 엄마가 부업 전선에 뛰어든 경우도 예삿일이 되었다. 학원을 보내야 안심이 된다는 학부모들 앞에서 선행 학습을 법으로 막겠다고 해 봐야 먹혀들지 않는다. 대학 입시의 근본적인 개혁 없는 선행 학습 금지는 말장난에 불과할 뿐이다.

10가구 중 1가구꼴로 에듀푸어 위기 세대라고 한다. 가사를 탕진하더라도 자녀 성적만 올릴 수 있다면 어떤 일도 불사하겠다는 의지다. 자녀 성적이 우선이라는 왜곡된 교육관을 숨기면서 한국 교육이 세계 제일이라고 떠드는 자에게 묻는다.

당신도 에듀푸어가 되시렵니까?

아침햇빛편의점

야누스적 공단 풍경, 편의점 우뚝
풍요의 상징이자 절망의 패러독스

여천공단 입구 주유소 옆 아침햇빛편의점이 있습니다 어그러진 톱니의 아우성에 자다 깨기를 반복하는 컵라면과 라이터, 담배와 일회용면도기, 칫솔에 양말, 검정봉지에 진공 포장된 어둠 몇 숟갈이 눈을 깜박거립니다 하품에 재채기를 더하여 텁텁한 목감기까지 그러나 검정봉지를 지키는 편의점 불빛은 더디 오는 아침이 지루합니다 이제야 눈금 없는 시계가 정남북을 가리킵니다 야적장 폐타이어는 더 오를 곳이 없어 제 고집대로 굴러다닌 지 오랩니다 작업장의 높은 천장에 눈이 가물거리기도 했으나 자외선보다 더 따가운 불꽃의 폭력 앞에선 산소용접 마스크도 무용지물입니다

돌아가는 차량이 꼬리를 물면서 아침햇빛편의점이 부산해집니다 야간작업을 마친 이들이 이빨에 낀 어둠 찌꺼기들을 이쑤시개로 걷어냅니다 쓴 입맛에 방금 눈곱을 뗀 흰 햇빛봉지를 한 개씩 집어 듭니다 집 안 칙칙한 습기를 쓸어내기 위한 햇빛빗자루, 단잠에 빠진 아이들을 깨우는 햇빛과자, 아내 손금의 물기를 닦을 햇빛이 백 그램씩 포장되어 있습니

다 그러나 당신은 당신의 낮잠을 무르익게 할 검정 수면용 봉지에 먼저 손이 갑니다 그 봉지에는 무거운 눈꺼풀이 찰싹 달라붙게 하는 수면용 어둠 백 그램에 일 그램의 햇빛만이 들어 있습니다

아내의 배가 검정 수면용 봉지로 서서히 부풀어 오릅니다

– 「아침햇빛편의점」 전문

요즘은 공단이 된 시, 시가 된 편의점이란 생각이 자주 든다. 이를테면 공단이 된 시는 시가 까맣게 말라 가는 세상이요, 시가 된 편의점은 쓰거나 읽으려 마음먹으면 생활 모두가 시가 되는 세상이라는 말이다. 그러니 화자의 의미 부여에 따라 극명하게 달라지는 삶의 조각들이 생활 주변에 엄청나게 널브러져 있다. 시를 찾는 독자들은 한정되어 있고 그 속에서도 쓰는 사람은 소수다. 시가 너무 어려워 사서 읽기가 꺼려진다는 하소연이다. 시가 정말 어려울까? 어려운 게 아니라 마음을 굳게 닫은 사람들이 많다는 증거다.

인근에 국가산단이 있고, 입구에는 온종일 불을 밝히는 편의점이 24시간 바람개비처럼 돌아간다. 소음과 공해가 연상되는 여천공단 야간 근로자와 생필품을 파는 편의점이 교차하면서 시의 꼬투리가 생성되었다. 야간 근무를 밥 먹듯 해야 하는 근로자들, 그들이 감내해야 할 더디 오는 잠에 대한 위로가 될 수 있을까 모르겠다. 수면 한 숟갈을 뜨려면 검정 비닐봉지가 필요하겠다는 나만의 해답이 보통 사람들의 생각과 꼭 맞아

떨어졌다.

하필이면 왜, 검은색일까? 시장이나 가게에서 꿈의 포장지라며 뜯어내미는 비닐봉지는 검은색 일색이다. 푸른 하늘을 은닉하려는 위장일 수도 있고 공단의 분진일 수도 있으나, 어둠 속에서 더 빛나는 편의점, 아침 햇빛이 있어 더 살맛 나는 세상이다. 햇빛이 늘 그리운 이유는 팍팍한 삶 때문이 아닌가? 억척스러운 사람들에게는 어둠이 생의 축제일 수도 있다. 생필품들이 일회성이라고 폄훼할지 모르겠지만 뚜껑을 따면 오동통한 라면이요, 면도기고, 수건이며, 한 컵의 물이다. 그러니 시가 생수 값도 안 된다며 아우성을 치는 것도 사치일 뿐이다.

야누스적 공단 풍경은 생사를 가르는 풍요의 상징이자 절망의 패러독스다. 밤이 짙어서야 느끼는 저 공단의 휘황찬란한 네온 벌판이 시의 저수지라면, 밥 먹듯 시를 써야 옳을 일이다. 여수밤바다가 아름다운 것은 버스커버스커의 입이 아니라 아름다운 항구의 풍경 때문이 아닌가?

내 삶의 절박한 틈새에 시의 감흥이 저절로 스며들 때가 오길 간절히 기대한다. 그러나 시의 자존심을 건드려 존재감의 상실이나 오지 않을까 조심스럽긴 하다. 당선으로 인해 덧난 생채기는 몰래 다스려야겠다. 여수의 청정 해역을 한 삽 떠서 온전한 쉼표로 모두에게 찍어 드려야지.

뛰는 토끼, 나는 토끼

| 앙숙, 천적도 없는 울타리 세상
| 상생, 먹이 놓고 다투는 법 없어

토끼가 지혜로운 동물이라는 걸 인정하는 사람은 썩 드물다. 그도 그럴 것이 우화 속에 등장하는 토끼는 앞만 보고 달리는 백 미터 육상 선수로 뇌리에 각인되어 있기 때문이다. 정말 그럴까? 나는 얼마 동안 토끼 생태를 관찰하면서 우화(寓話)는 우화(愚話)일 뿐이라는 사실을 알았다.

뒤돌아볼 줄 안다는 게 사람보다 낫다. 육상 선수가 절대 해선 안 되겠지만 토끼가 뛰어가다 귀를 쫑긋 세우며 날 쳐다본다. 날 잡아 보라며 약 올리는 게 아니라 갈 길이 바빠도 인사는 하고 가겠다는 예의의 표시다. 이럴 땐, 복도를 뛰어가다 선생님께 단정하게 배꼽 인사를 하는 일 학년쯤 되어 보인다.

분만 때가 되면 토끼는 굴착기가 되고 직업은 암반 굴착기사라 불러야 더 어울린다. 이때는 네 발이 아니라 열대여섯 개 발이 기계처럼 움직인다. 한 삽의 흙을 퍼내기 위해 파고, 옮기고, 미는 솜씨가 장인은 저리 가라다. 입으로 물어 나르는 검불은 둥지의 보온을 위한 라텍스와 같아서 불면증을 앓고 있는 사람이라면 편안하게 누워 보라고 해도 욕먹지 않겠다.

땅 파는 날렵한 솜씨를 볼 때, 방어용 울타리는 무용지물에 가깝다. 철책에 가둬 기른다는 주인의 의도도 별 소용없다는 이야기다. 혹시 울타리를 뚫고 나가 돌아오지 않으면 어쩌나 하는 걱정도 할 필요가 없다. 자식을 두고 가출하는 사람은 절대 닮지 않겠다는 좌우명을 붙여 둔 모양이다. 시간이 문제지 반드시 회귀하는 습관을 지닌 동물이기에 체벌 논란도 없다. 울타리를 빠져나가는 방법도 교묘하여 뱀 척추 같은 탄력으로 보란 듯이 드나든다. 척추는 활과 같아 머리만 들어가면 바늘구멍 빠져나가는 일은 식은 죽 먹기다. 허들을 뛰어넘는 재주는 경쾌할 뿐만 아니라 경계를 서는 모습은 여우 같고 나무로 뛰어오르는 기술은 원숭이를 능가한다. 물을 두려워하고, 풀만 뜯어 먹으며, 엉금엉금 기는 것이 거북이를 닮았을 거라는 예상도 완전히 뒤집는다.

토끼라고 얕잡아 봤다가는 쫓겨 가며 뺨 맞을 일이다. 풀만 끊어 먹고도 한 달은 넉넉하고 학습 방식도 철저히 자기 주도적이다. 비좁은 교실 공간도 풀밭으로 옮겼으니 환경친화적이고 철저히 생태 보호적이다. 먹이도 받아먹는 게 아니라 스스로 사냥에 나선다. 비만의 원인인 피자나 치킨은 줘도 먹지 않으니 뛰는 토끼가 아니라 나는 토끼다.

묵계인지 새끼는 번갈아 가며 지킨다. 같은 울타리의 닭도 덩달아 토끼 뒤를 졸졸 따라다닌다. 먹이를 놓고 다투는 법도 없으니 상생의 미담이다.

앙숙도 천적도 없는 세상이 저 울타리에 있다.

음서제

취업 전쟁, 바늘구멍 같은 쪽방
부실한 끼니와 싸우는 젊은이들

밤낮없이 고시촌에서 방황하는 젊은이를 위한 위로의 글을 보낸다.

네 귀 닳아진 책갈피에
두 눈 부라린 시간의 짐승이 살고 있다

밤새 읽는 족족 손아귀에서 금세 빠져나가는 활자는
사내의 거처를 금세 갉아먹는 좀벌레들
침대와 화장실, 부엌과 책상을 바짝 당겨야 한 평 남짓
밤낮이 번갈아 공생하는 빡빡한 필통이어서
창호지 얼굴을 달고 사는 사내의 미간은 여태껏 좁다

보드랍거나 섹시하다와 같은 표제가 눈에 띄거나
책은 포개 놓은 햇살이요, 도서관은 무덤이라는 말
불혹의 사내에겐 치명적 유혹이어서
멀찌감치 세탁기에 개켜 둔다

넘길 것보다 넘긴 책장의 높이가 천장을 낮춘다
새치 머리에 몇 만 쪽이 훌쩍 넘었어도
사내는 모가지는 아무리 직각으로 꺾어도 모자라다

제 그림자를 지켜보는 달력마저 후들거린다
난시에 노안이 중첩된 지문이 아랍 문자에 가깝다 해도
홀릭, 학문은 육질이 촉촉하고 관능적이다

노량진, 어느 골목쯤엔가
똬리를 틀지 않고선 어떤 생의 배꼽도 될 수 없는 사내
제야 종소리에 멀뚱멀뚱 뜬눈만 부비고 있다

– 「노량진, 어느 골목쯤엔가」 전문

'음서' 또는 '음서제'라고 불리는 고위 공무원 선발 제도는 고려와 조선 시대에 중신이나 양반의 신분을 우대하는 관리 채용 방식이다. 공무원 채용제도 선진화 방안에 따라 현대판 특권층 벼슬 대물림이라고 불리는 음서제를 놓고 분란의 조짐이 일고 있다. 친족과 처족을 과거제와 같은 선발 방식이 아니라 출신을 고려하여 서류와 면접만으로 고급관리로 임용했던 적이 있었기 때문이다.

서민이나 하층민에 속하는 다수의 일반인이 관직에 진출할 길은 오로지 국가공채라는 각종 임용고시를 치르는 방법뿐이었다. 그래서 임용고시는 자기 정체성을 확인하거나 성취동기를 유발하는 창구로 활용되었

다. 그런데 이들에게는 음서제 도입이 찬물을 끼얹는 정책이어서 거센 반발과 저항을 불러일으킬 것이 당연하다. 그런데 정부에서 음서제 도입을 긍정적으로 검토하고 있다니 불만일 수밖에 없다.

빈익빈 부익부 현상이 사회의 양극화를 초래하였다. 관직의 세습마저 이루어진다면 이 땅의 가난한 젊은이들이 서야 할 자리가 없어진다. 당연히 가문이 좋거나 명문대 출신이 아니면 명함도 내밀지 못할 세상이 오겠지. 그들은 어려움 속에서도 대학을 졸업했고, 아직도 취업이라는 바늘구멍을 뚫기 위해 도서관이나 쪽방에서 부실한 끼니를 이어 가며 염천과 싸우는 젊은이들이다.

특정인의 입맛에 맞게 고위 관료를 임용하는 일은 없겠지만, 상식이 통하지 않는 한국 사회에서 액면 그대로 받아들이기에는 어쩐지 미심쩍다. 고시를 꿈꾸는 청년들에게는 마른하늘에 날벼락과 같은 일이다. 만약에 원안대로 강행한다면 공직 진출의 기회조차 차단해 버리는 고약한 제도를 없애라며 거리에서 연좌 농성을 벌일지도 모른다.

물론 지나친 경쟁으로 인한 인적·물적 자원의 낭비가 고려의 대상이 되었다는 것은 부인할 수 없다. 그러나 국가의 미래를 선도해 나갈 고급 공무원 임용 제도는 철저한 사전 준비와 충분한 여론 수렴 끝에 결정을 내려야 한다. 단지 서류와 면접만으로 합격자를 등용한다면, 많은 청년은 관직 진출 기회마저 박탈당하는 설움을 겪게 된다는 걸 명심해야 한다.

그렇지 않아도 우리 문화는 지연이나 학연, 혈연을 중시하는 폐쇄적인 인사 시스템을 가지고 있다. 매번 임명되는 정부 여러 요직에 발이라도 붙이려면 썩은 권력의 동아줄이라도 잡아 보려 눈치를 살펴야 한다. 누가 아무런 연고도 친분도 없는 사람을 서류와 면접을 통해서 고위직에 임용해 줄 것인가?

이분법적 사고로 잣대를 들이대는 사회 현실이 무섭다. 아예 꿈을 접고 제 갈 길을 알아서 찾아가라는 권고가 아니길 바란다. 헌법에 명시한 공무담임권을 정면으로 배치하면서 개선안을 꺼내 든 정책 입안자의 생각이 의심스럽다.

서민을 두 번 울리는 음서제는 공론화 과정을 거쳐 반드시 철회되어야 할 잘못된 정책이다. 현대판 특권층의 권력 대물림인 음서제를 전면 재검토하든가, 사회 분위기가 성숙할 때까지 기다려야 한다. 공정한 경쟁으로 관직에 나갈 수 있는 창구마저 닫아 버린다면 이 땅의 젊은이들은 절망할 수밖에 없다.

음서제, 현대판 벼슬 대물림 제도는 재고해야 한다.

사마귀는 배가 고프다

당랑거철의 힘, 최고 포식자
자연의 법칙 위배 용서 없어

한때, 여름방학 중 곤충 채집이라는 과제가 있었다. 이제는 산업화의 가속화로 인한 생태계 보호 유지 차원에서 자연스레 사라지면서 곤충도 감에서나 겨우 모습을 찾아볼 수 있게 되었다. 자연을 벗하고 놀이터로 삼았던 게 오래된 기억이지만, 예나 지금이나 초등학생들이 곤충을 맨손으로 잡는다는 게 쉬운 일이 아니다. 포충망을 이용한 채집 방법은 한참 지난 뒤의 일이었다.

그중에서도 가장 공포의 대상은 초원의 무법자 사마귀였다. 자기 능력도 가늠하지 않고 강적에게 덤비는 것을 비유하는 말로 쓰이는 '당랑거철(螳螂拒轍)'이라는 고사성어가 그냥 생긴 게 아니다. 사마귀는 곤충 세계의 최고 포식자로 다른 곤충들의 경계 대상 1호다. 풀밭의 제왕이라고 불리는 사마귀가 제철을 맞이했는지 자주 눈에 띈다. 기이한 외모와 툭 불거진 눈이 아무에게나 쉽게 접근을 허락하지 않는다. 일단 눈에 띄었다 하면 무시무시한 앞다리의 톱니로 날렵하게 먹어 치운다. 거식성 곤충인 사마귀의 사냥 습관이다.

먹이피라미드에서 봐도 사마귀가 단연 우위를 점하고 있다. 풀벌레라는 온순한 이름에도 걸맞지 않아 항상 혐오 곤충으로 애물단지 취급을 받는다. 그만큼 풀벌레들에게는 가공할 만한 위력과 공격적인 사냥 방식으로 싹쓸이하는 포악한 행동이 좋게 보일 리가 만무하다.

그러나 사마귀에게도 말 못 할 고민이 있다. 쉴 새 없이 사냥은 계속하지만, 양이 차지 않아 허기를 느낀다고 하니 의아한 일이다. 요는 사마귀가 게걸스럽게 사냥하는 먹이에 비밀의 열쇠가 있다는 걸 자신이 어리석게도 모르고 산다는 점이다.

연못 속에 사는 연가시를 수서곤충이 잡아먹고 그 수서곤충을 사마귀가 잡아먹으면 연가시는 사마귀의 배 속에서 기생하여 영양을 빼앗는 먹이사슬을 형성하고 있다. 연가시가 일종의 기생동물인 셈이니 사마귀는 먹어도 배가 고픈 것이다. 따라서 빈 배를 채우기 위해 무차별적으로 풀벌레를 공격하는 것이다.

생태계의 평형 유지를 위해서는 어떤 동물이든 개체 수가 적정하게 유지되는 게 맞다. 환경 보전이나 자연보호가 유별난 일이 아니다. 피라미드형 먹이 구조가 적정한 평형을 이룰 때 자연 생태계가 건강해진다. 4대강 개발 사업 결과를 놓고 환경단체가 지금도 결사반대하는 이유 중의 하나다.

폭염과 홍수 속에서 인간은 나약하였다. 심고 가꾸는 한 그루의 나무가 생태계의 순리에 순응하며 살아가는 지혜라는 걸 깨닫는 계기가 되었으면 한다.

자연의 법칙을 거스르는 자에게 용서란 없다.

뭉크의 절규

중동호흡기증후군, 메르스 창궐
마스크 손 세정 자기 면역 키워야

노르웨이의 화가 뭉크(Edvard Munch), 그의 대표작인 글로벌 아이콘 〈절규〉를 기억한다. 자신의 경험과 현대인들 마음속에 있는 공포와 불안을 시각화하거나 어떤 자연현상에 대한 두려움을 희화한 작품이다. 보고 있노라면 가위에 짓눌린 것처럼 공포가 엄습해 온다. 그런데 그런 무시무시한 일이 현실로 나타났으니 메르스가 한반도를 기습 강타한 것이다.

세월호 참사 후유증이 가시기도 전에 메르스가 국민 안전에 대한 대한민국의 면역체계를 완전히 무너뜨렸다. 중동호흡기증후군이라 불리는 신출귀몰한 사신이 공포, 그 자체다. 도시는 텅텅 비었고 마을이나 시장은 고립무원이 되었다. 사우디발 변종 바이러스 메르스가 사정없이 복부를 관통한 것이다.

메르스 감염 예방에 관한 한 총체적 난국에 뒷북치기였다. 호미가 할 일을 가래로 막아도 어려울 지경이었다. 국내 언론은 너나없이 메르스보다 복지부가 무섭다며 대서특필이고, 외국 언론은 한술 더 떠 탈북자들이 메르스 공포 때문에 되돌아가고 있다는 조롱 섞인 만평을 실었다. 늘장 대처가 몰고 온 이번 사태가 세계적으로 얼마나 큰 파장을 몰고 왔는지 짐작되는 대목이다. 한쪽에서는 어렵게 공들여 쌓아 온 국가의 품격이 하루아침에 무너졌다고 야단이었다.

또, 컨트롤타워의 부재였다. 국민은 메르스에 대한 두려움을 넘어서 초동 대처를 확실히 하지 못한 복지부를 질타하고 있었다. 폭발적인 전염력을 가진 메르스에 대한 사전 정보도 부족했고 안이한 대응 방식으로 인해 큰 화를 자초했나. 기하급수적으로 늘어나는 2, 3차 감염자가 전국으로 퍼져 나갈 조짐이 확실한데도 감염자가 거쳐 간 병원 관계자는 침묵했고, 당국 또한 명단을 봉인하여 한동안 비밀에 부쳤다. 한술 더 떠, 감염자의 동선 파악도 제대로 못 했으니 메르스는 날개를 달고 전국을 훨훨 날아다닌 꼴이었다.

정부의 철저한 비밀주의 때문에 메르스 감염 병원과 감염자 수의 공개 시점을 놓고도 갑론을박이었다. 가관인 것은 병원 소재지도 인지하지 못해 바로잡기를 연일 거듭했다. 격리 시기를 놓쳐 불특정 다수인들이 무방비 상태로 노출되었지만 숨기기에 바빴고, 긴박한 휴교 문제를 놓고도 부처 간의 의견이 엇갈렸다. 변명만을 일삼는 관계자들의 현실 인식이 안이하다 못해 무능하다는 질타를 들을 만했다. 정보를 공유해야 할 부처가 특정 지자체와 말씨름이나 하고 있었으니 말이다.

정보가 차단된 사회에서는 유언비어가 창궐하기 마련이다. 유언비어를 퍼뜨린 사람을 엄정히 처벌하겠다는 당국의 강력한 의지 표명이 있었다. 그런데 지금은 유언비어를 잡는 게 능사가 아니라 메르스가 더 확산되지 않도록 차단하는 게 맞다. 누리꾼들이 자주 유체이탈식이라고 조롱하는 화법 구사 때문에 국민의 심사를 꼬이게 하는 것도 짜증 난다. 정치판도,

총리 없는 총리실도 메르스가 이미 점령해 버렸다는 탄식이 터져 나올 만하다.

휴교한 학교가 태반이다. 국민의 생명과 재산을 국가가 제대로 관리하지 않으니 마스크에 손 씻기 등으로 자기 면역력을 키울 수밖에 없다. 아직은 즐겁게 공부하며 뛰어놀 만한 초록이 충만한 세상이 아닌가?

뭉크처럼 절규라도 해야 할 판이다.

풍경 몇 조각

| 탄신 15주년, 애마 59머 5483
| 아동고동락, 아스팔트 독기와 마찰에도 끗끗이

1. 풍경 하나

옮겨 다닌다는 일이 여간 번거롭지 않습니다. 마음만 바빠 몇 번 들었다 났다 했더니 방 안이 온통 난장판입니다. 싫든 좋든 살았던 흔적을 지우는 일이 쉽진 않으나 나중을 생각해 쑤셔 넣어야 할 칫솔 같기에 함부로 버리기가 어렵습니다. 라면을 생각하면 양은냄비는 꼭 챙겨야 하고, 발 닦을 수건 챙기는 일도, 염도 가늠을 위해 숟가락도 빠뜨리지 않아야 합니다.

동파 방지를 위해 두꺼운 이불도 잘 개켜 부피를 최소화해야 합니다. 생각해 보니 혼자 사는 일이 호락호락하지 않습니다. 그런데 휴지통은 왜 날 따라나섰는지 묻지 않았으나 혹시, 버림을 받을지 모른다는 자기 불안 때문인지 벌써 저만치 앞서 내려갑니다. 지금은 J읍 텅 빈 길가 가로등이 희미해지는 늦은 저녁입니다.

냅다 던져 버려, 차 트렁크 정도면 충분할 줄 알았던 괴나리봇짐이 앞 의자까지 넘보고 있으니 시동이 걸리지 않을까 조바심이 납니다. 감상이나 작은 정에 얽매여 짐을 더 키웠나 싶어 들여다보지만, 종이 상자는 밧

줄에 단단히 결박된 상태입니다. 살다 보면 필요할 때가 있으니 잘 챙겨 가야 한다는 이웃의 말씀을 공감 못 하는 건 아니지만 버려야 할 것들을 버리지 못하니 이런 나쁜 집착도 불치병입니다.

2. 풍경 둘

기다림을 리본처럼 달고 사는 군내버스 정류소 표지판이 오늘따라 흐릿합니다. 새벽에 먼 길을 나섰다가 길가에서 한바탕 난리를 피우시던 할머니 모습이 올 잔인했던 더위처럼 붕 떠 있습니다. 할머니들이 화해를 시도했거나 결렬됐다는 소식은 아직 지방 뉴스에 실리지 않았는데요. 그날 저녁 할머니들은 말의 고드름에 찔려 많이 아파했거나 삭신이 욱신거렸을 것 같습니다. 그래선지 불온했거나 불안한 기억의 전단들이 읍내 밤거리에 너덜너덜 돌아다닙니다.

언덕에 잠깐 앉아 하늘을 바라봅니다. 열대야에 진땀을 뺀 탓인지 구름 또한 갈비뼈를 닮았습니다. 더위에 눌려 아무것도 할 수 없었지만 그래도 강물에 낚싯대 한번 드리우지 못한 아쉬움은 여전합니다. 호강에 초 치는 소리라고 나무란다 해도 어쩔 수 없으니 마음의 여유가 없었다는 핑계로 어지간히 게으름을 피웠나 싶지요. 아파트 창가로 내다보던 겨울 눈발만큼은 두 눈에 가득 담아 왔으니 생각날 때마다 가끔 열어 볼 참입니다. 오일장의 짜릿한 선지국밥과 기울어 가던 늦여름의 백양화도 함께 말이지요.

건너편 지하방 문틈으로 간간이 기어 나오는 스타카토 음표들이 수런거립니다. 노래방이 우리 여가 문화로 자리 잡은 지 오래입니다. 그러나 박수는 여기까지, 무대 위 애끓는 열창이거나 말거나 동행자의 간절한 호소에도 아랑곳없이 두 귀를 닫아 버리는 관객의 무례함에 짜증이 납니다. 자책감에 성호를 그었으나 또 속이 쓰려 옵니다. 진즉, 이층집 다슬기 해장국집과 친구라도 했더라면 덜 아파했을 일, 어쩌다 마음의 병까지 키웠으니 새벽 다섯 시 응급실을 제 발로 들어가고도 남을 만합니다.

3. 풍경 셋

대항강(보성강) 변 시끄거리는 댓바람을 거스르며 강변길을 따라갑니다. 국도변에 널린 코스모스 흙냄새가 솔솔 다랑이 들판으로 번져 갑니다. 무슨 일이 있어도 백일은 꼭 사수하겠다고 나선 배롱나무들이 바람을 훔쳐 그린 빛깔이 저리 찬란합니다. 더위를 잠재우느라 발 담그고 있던 물푸레나무들도 이제야 기운을 차렸는지 초록 띠를 길게 늘어 놓기도 하고요. 염천에 물러섰던 줄배도 강 모래톱을 서서히 빠져나오더니 이제야 기지개를 켭니다.

강빛 마을에 눈이 부시니 온통 맑은 햇빛 세상입니다. 강기슭 올망졸망한 집들은 또 어딜 가는지 낮게 포복 중입니다. 아직은 늦더위라 나설 때가 아니라는 듯 미루나무에 숨은 물고기 떼들은 숨바꼭질입니다. 잠방이 차림의 아낙네들은 다슬기를 주워 담다 허리를 펴더니 산 그림자를 이고 뭍으로 나옵니다. 잠자리들의 비행은 소형 드론을 띄운 듯한 느낌입니다. 마치 가을 안부 문자를 무작위로 날리고 있는 것처럼 말이지요.

그동안 아스팔트 독기와 잦은 마찰을 일으켰던 탄신 15주년이 되어 가는 내 애마(車)의 등을 토닥이다 보니 구례구역 앞 민물 참게탕 집이 보입니다. 침샘이 개구리 울음통처럼 부풀어 오를 수밖에요. 잠깐이나마 걸쭉한 매운탕에 맛있는 섬진강 바람을 말아 마시고 푹, 쉬어야겠습니다.

강 끓는 냄새가 구수한 토요일 오후
구례구역 앞 민물 참게탕 집 간판을 보았어요
문득 내가 참게라는 착각이 들었던 것은 뚝배기에
온몸이 전율되었던 기억 때문이었는데요

평생 씹고 강물에 버렸을 배설물을 걸러 낸
참게들이 날 반갑게 맞이했어요
힘들수록 시래기에 온갖 시름을 푹푹 끓여
한 숟갈의 국물에 씻어 내려야 했어요

앞만 보면 안 된다며 옆으로 가다가도
인기척에 뒤집히도록 달리고
입술 허옇도록 숨을 고르다 다리를 자르기도 했어요
마디 하나쯤 떼는 일이 살맛 나게 하는
생이 될지도 모르겠다 싶었어요

걸음걸이가 우습다고 구박했던 사람들이
먼저 뚝배기에 코를 박네요
물안개 피어오르는 민물 참게탕에 입맛을 다시다가
끝내 융숭한 숟가락을 들 수밖에 없는 습관을
강가 달빛 모래를 씹고 사는 참게가
몸소 보여 준 것이지요

지금도 경상도와 전라도의 경계를 들락거리며
썩은 강바닥의 모래를 쉼 없이 퍼 올리고 있을 참게들
먼 훗날 내가 머물고 있을 강 어디쯤에서
뜨거운 국물로 뭇 사람의 가슴을 쓸며 가다
시원해, 라는 말 들을 때 있을까요

- 「구례구역 앞 민물 참게탕 집」 전문

봄비 혹은 겨울비

늙은 낙타, 먹이만 탐닉 덫에 걸려
옥문 열린 순간, 눈물 비치지 않아

출근길, 내 머리 위로 지나가는 열차에서 물방울이 떨어진다. 설악산 대청봉에서 결빙된 눈 뭉치를 싣고 전라선 종착역 바닷가에 부리기 위해 달려오는 모습이다. 등산객 발자국에 뭉개졌을 몇 잎 눈송이들이 바퀴의 힘을 빌려 여기까지 내려오는 걸 보면 그동안 몹시도 남녘 봄빛이 그리웠다는 증거다. 그러니 열차에서 떨어지는 물방울은 혹한에 대한 애증이라기보다 자연스러운 현상인데도 나름대로 각별한 의미로 재생되는 이유가 뭔가?

봄물이 오르고 있다는 징표다. 계절이 바뀐다고 누구로부터 미리 소식을 접한 건 아니지만, 택배로 배달된 이삿짐에서도 눈송이가 묻어 나오고 물방울이 떨어진다. 귀농을 결심한 용기 있는 어느 청년의 아린 가슴에서 흘러내리는 도시 생활의 회한 같은 것이겠다. 회한이 눈물이 되고, 눈물이 봄비가 되어 살포시 내려앉는 조심스러운 귀향 신고 같은 것인지 아직 숫기가 없어 보인다.

울타리 매화 가지마다 봄눈들이 또록또록 기지개를 켜고 있다. 복수초가 벌써 눈구덩이를 헤집고 얼굴을 내밀었고, 광대나물도 선홍빛 꽃을 피우기 위해 열심히 종이접기 중이다. 그러고 보니 따스한 양지쪽에 벌써 민들레가 호젓이 피어 있다. 두툼한 방한복을 칭칭 감은 사람만 칩거라는 낱말을 좋아할 뿐, 자연 모두가 제집인 풀꽃들이 이미 외출을 감행한 것이다.

올겨울은 유독 사막처럼 황량하고 매운 한기가 자욱해서인지 어디에서도 동물의 발자국조차 발견할 수 없다. 유목의 슬하를 벗어난 늙은 낙타만이 지평선에서 느릿느릿 왕복 운동을 되풀이한다. 워낙 관습에 길든 탓이리라. 사막에도 눈이 내렸다는 핑계로 허기를 느끼는 독수리들이 무리 지어 날아다닌다. 여우들도 도시 한복판을 어슬렁거리며 먹이 찾기에 혈안이 된 바람에 애매한 짐승들만 희생양이 되어 마침내, 풍장으로 사라지거나 찢겨 나간다.

자연의 이치에 순응하지 못한 자들이 어느 날 독방에 감금되었다가 출소한다. 그들은 먹이만 탐닉하여 덫에 걸린 지독한 포식자들이었지만, 눈먼 자들의 감시 소홀을 틈타 족쇄가 풀린 것이다. 늙은 낙타의 모습은 아니어서 옥문이 열리는 순간 경배의 뜻으로 눈물도 비치지 않는다. 마이크가 난무하는 인파 사이를 한 손가락으로 밀쳐 내며 유유히 걸어 나간다.

참, 나쁜 겨울이었다. 목이 터져라, 외치던 이 땅의 서민들은 잡초 취급도 받지 못하고 살아가는 세상일 줄 아무도 몰랐다. 새 정부 공약 사업인 국민의 대다수를 중산층으로 만들겠다는 가당치 않은 약속도 믿지 않겠다는 태세다. 곳곳에서 대선 공약들이 나붙기도 전에 삐걱대고 있다.

늙은 낙타가 왔던 길을 다시 걸어간다. 아직은 살 만한 세상이라며 시냇물도 바람 소리를 낸다. 그 물에 입술을 적신 바람꽃들이 먼저 반긴다. 웅크리고 있던 앉은뱅이 꽃이 냉기일수록 함께 다독이며 살아야 한다는 말씀을 넌지시 던진다.

아, 그래도 봄은 오고 있다. 얼음장 개울물이 제 몸을 덥혀 버들가지를 밀어 올리겠다는 투지가 이 산 저 산 그득하다.

봄비 혹은 겨울비 틈으로 삼월이 오고 있다.

영화 이야기, 넷

Ⅰ. 신부님, 우리 신부님

휴먼다큐의 진수를 보여 준 〈울지 마, 톤즈〉로 설 연휴 안방이 잔잔한 감동의 물결로 출렁거렸다. 48세를 일기로 선종한 고(故) 이태석 신부가 아프리카의 오지 마을 톤즈에서 생활하면서 헌신적인 사랑이 무엇인지 느끼게 한 이 시대 최고의 다큐멘터리다. 삶 자체가 너무 감동적이어서 흐르는 눈물을 닦지 못했다는 어느 시청자의 소감은 틀린 말이 아니었다. 그는 사제이자, 교육운동가였으며, 의사의 신분으로 살신성인의 진수를 보여 준 봉사자였다. 어쩌면 슈바이처보다 더 아름다운 삶을 살다 간 지고지순한 휴머니스트였다.

이 한 편의 영화에 쏟아지는 찬사가 감히 폭발적이다. 사람들은 왜 이 신부에 대한 존경은 물론, 가슴 먹먹하고 절절하게 느낀 것일까? 한센병 환자를 위한 치유에서부터 문맹 퇴치를 위해 밤새워 가르쳤던 열정까지, 의술을 인술로 끌어안았기에 감동은 배가되었다. "왜, 하필이면 아프리카입니까?"라는 질문에 "가장 어려운 이에게 해 준 것이 바로 나에게 해 준 것"이라는 대답에서 그가 왜, 박애주의자이며 인본주의자인지, 그리고 자신의 보편적 삶에 대한 통찰이 얼마나 깊었는지 영화는 잘 보여 주었다.

톤즈 마을 사람들은 이태석 신부를 '쫄리(John Lee)'라고 불렀다. 쫄리 신부의 아이들에 대한 사랑은 감히 맹목적이었고 아가페적이었다. 그러기에 쫄리 의사였고, 쫄리 선생님이었으며, 쫄리 아버지였다. 그래서 톤즈 사람들의 쫄리 신부에 대한 그리움과 간절함은 생사를 뛰어넘어도 모자랄 지경이다. 썩어 가는 상처보다도 먼저 병든 마음을 치료하기 위해 살을 맞대는 의사였으며 말보다는 실천을 우선하는 행동주의자였다. 칼날 같은 냉철한 이성보다는 마음으로 다가가는 부드러운 감성의 소유자였고, 음악을 노래하고, 사랑을 전파하는 모두의 천사였으니 그가 남기고 간 브라스밴드가 마을 안길을 누비는 장면이 아직도 생생하다.

국경과 인종을 뛰어넘은 헌신적인 봉사가 사람들의 눈물샘을 자극했다. 짧은 생을 살다 간 신부님, 진정 나누고 베푸는 삶이 무엇인지 온몸으로 말하려 했던 신부님, 오염된 강에 후회 없이 몸을 던져 톤즈 아이들의 친구가 되었던 신부님, 썩어 문드러져 닳아진 한센병 노인의 발등을 어루만지던 신부님, 당신의 온몸에 암세포가 무럭무럭 자랄 때까지 벽돌을 찍어 학교를 지었던 신부님, 그 고귀한 삶은 오늘을 살아가는 사람들의 영원한 본보기가 될 게 틀림없다.

감동이 감동으로 끝나선 안 된다. 생활 속 실천으로 이어지는 삶이 중요하다. 한 학년도를 마무리하는 2월, 아름답고 숭고한 미래를 살아갈 우리 학생들에게 감상의 기회가 꼭 주어졌으면 한다. 저세상 톤즈는 지금 울고 있을까, 웃고 있을까?

Ⅱ. 동주와 귀향

일제강점기 질곡의 역사를 재조명한 두 편의 영화가 동시 개봉되어 관객을 끌어모으고 있습니다. 「하늘과 바람과 별과 시」의 시인 이야기 〈동주〉와 일본군 위안부의 비애와 아픔을 그린 〈귀향(鬼鄕)〉이 그것입니다. 시대적 배경뿐만 아니라 우리 민족의 서정과 서사가 맞닿은 것이어서 관객들이 눈물을 훔쳐 내느라 바쁩니다.

스물여덟에 타계한 서정시인 윤동주의 생애를 그린 영화가 〈동주〉입니다. 일제강점기 서슬 퍼런 치하에서 민족자존을 위한 탈출구를 모색하다 요절한 천재 시인 윤동주, 일본의 무자비한 식민 탄압정책의 희생양이 된 젊은 시인의 죽음을 이 영화는 담담하게 그려 내고 있습니다. 동주의 친구이자 사촌 간인 몽규와의 끈끈한 우정도 그렇지만 암울했던 시대의 이미지가 겹쳐 가슴이 먹먹해집니다.

〈귀향(鬼鄕)〉은 일본군 위안부 피해자 실화를 영화화한 것으로 현대를 사는 우리를 향한 통한의 절규이자 통곡입니다. '살아 있어도, 살아 있는 것이 아니다'는 배우들의 인사말처럼 머나먼 이국땅에서 꽃다운 청춘들이 스러져 갔습니다. 끔찍한 전쟁터에서 온갖 수모와 고통을 감수하고도 모자라 끝내 일본군의 총부리에 무참하게 살해되는 장면은 식민국가의 설움을 아파하는 관객을 울리기 충분했습니다.

영화계에도 양극화 현상이 존재합니다. 이른바 '크라우드 펀딩'은 많은 사람으로부터 돈을 끌어모아 투자한다는 뜻으로 7만여 시민들이 호주머니를 털어 〈귀향〉 제작에 동참했습니다. 또한, 흑백영화로 만들어야 했던 〈동주〉는 오히려 시민들의 열띤 응원 때문에 작은 영화지만 백만 이상의 관객 신화를 창조할 수 있다는 믿음을 주었습니다. 덩달아 연출과 제작을 맡은 이준익과 조정래 감독은 오랜 명성만큼이나 스타 대열에 다시 합류할 기세입니다.

영화는 영화일 뿐입니다. 다만 감독은 실체적 진실을 재해석하여 맛깔나게 이야깃거리로 만드는 재주가 있다는 게 우리와 다릅니다. 〈동주〉와 〈귀향〉은 다큐멘터리 영화로서 사료적 가치를 평가받기 충분합니다. 역사를 잊은 민족에게는 내일이 없다고 했습니다. 틈만 있으면 역사적 사실을 호도하려는 자들에게 자기반성과 성찰의 기회가 되었으면 합니다.

많은 청소년이 이 영화를 관람했으면 좋겠습니다. 우리 역사를 바로 보는 안목을 기를 필요가 있기 때문이지요. 국가의 정체성을 바르게 이해하고 민족의 소중함을 체득하는 의미 있는 시간이 될 것입니다. 얼마 전 한일 양국 간에 타결된 위안부 문제가 과연 우리의 이익과 정서를 고려한 일인지 나름대로 평가를 해 보는 것도 좋겠다 싶습니다. 참고로 〈귀향〉은 15세 이상 관람가입니다.

「하늘과 바람과 별과 시」의 시집 서문인 「서시」, 시대의 우울과 희망을 어떻게 노래하고 있는지 재음미해 보시지요.

Ⅲ. 피에타

자비를 베푸소서. 〈피에타〉로 제69회 베네치아국제영화제 황금사자상을 받은 김기덕 감독이 세간의 스포트라이트를 받았던 게 엊그제 일이었다. 칸, 베를린영화제와 함께 세계 3대 영화제 중 첫손으로 꼽는 베니스영화제에서 한국 영화가 처음으로 대상의 영예를 차지하면서 감독뿐만아니라 한국 영화에 대해 세계인의 이목이 쏠렸다. 중졸도 채 되지 않는학력으로 어두운 청년 시절을 보내면서 오로지 영화 제작만을 꿈꿨던 그가 마침내 세계 영화계에 우뚝 선 것이다.

인맥과 사단의 뿌리를 중시하는 우리 영화계의 특성에 비추어 볼 때 많은 사람은 김기덕을 충무로의 경계를 들락거렸던 수상한 사람으로 기억하고 있던 터였다. 한편에서는 그가 언젠가는 큰일을 해낼 것이라고 굳게 믿는 사람도 있었지만, 관계 부처로부터 수준 이하(?)의 작품이라는평가를 받고 그 흔한 영화진흥기금 혜택조차 받지 못한 불운을 겪기도 하였다.

그러나 아웃사이더, 영화계의 이단아라는 조롱을 감수하면서도 끈질긴 독학으로 이뤄 낸 영화계의 쾌거여서 그 기쁨이 더욱 컸다. 그가 연출한 영화마다 스크린에 투사되는 주제는 항상 "삶에 대한 균형"이었다. 삶에 대한 소재를 다루면서 그는 해법을 직접 제시하지 않는 계산파였다. 철저하게 상업적인 요소를 배제하는 영화를 만들었기에 흥행이라는 말은항상 그를 외면했다. 오히려 자극적이고 편파적이며 파괴적인 일상의 삶이나 사회적 이슈를 자신의 시각에서 재조명하고 재해석한 작품만을 고집하였다. 그러기에 예술적인 가치는 높게 평가받았으나 흥행과는 항상인연이 없었다.

한마디로 대중의 입맛만을 따라가지 않는 독자적인 자기 세계를 추구하였다. 대종상 영화제 최우수 작품상을 받았던 〈봄 여름 가을 겨울 그리고 봄〉은 신비로운 호수 위 암자의 아름다운 사계를 배경으로 그린 작품이었다. 사계절에 담긴 시공간적 배열을 통해서 인간의 고독한 삶의 한 단면을 보여 준 이 영화엔 사람을 끌어모을 수 있는 미묘한 매력이 잠재해 있었지만, 관객몰이에는 실패했다. 많은 관객이 김기덕 감독의 영화를 난해하게 인식하고 무미건조하게 치부해 버린 경향이 있다는 것은 부인할 수 없는 사실이다.

　영화계의 이단아, 김기덕 감독이 〈피에타〉를 들고 드디어 우리 앞에 나타났다. 기대가 너무 컸을까? 개봉되는가 싶더니 금방 영화관에서 사라졌다. 들리는 말에 의하면 전국적으로 상영관 확보가 매우 어려웠고 주변의 곱지 않은 시선도 부담스러웠을 거라는 뒷얘기도 있다. 그 때문에 자존심이 상한 그가 제작비의 손익분기점인 시점에서 영화 〈피에타〉를 스스로 끌어내리는 강수를 뒀는지도 모른다.

　관객들이 보고 싶어도 볼 수 없고, 만나고 싶어도 만날 수 없는 〈피에타〉가 되어 버렸다. 황금사자상이라는 명예에도 불구하고 멍에만 안고 사라진 이 영화를 정말 볼 수 없는 것인가? 국민적 영웅을 영웅으로 칭송하지 못할망정 한없는 나락으로 빠뜨린 이 땅의 문화 예술은 도대체 누구를 위한 것인지 되묻고 싶다. 특히 문화 예술의 상대적 궁핍에 빠져 있는 지방에서는 개봉관마저 확보를 못 해 감상 기회조차 박탈당했으니 이래저래 입안에서 욕만 들끓었던 별난 시월이었다. 겨울이 문 앞에 서 있다. 제발 청하오니 자비를 베푸소서!

Ⅳ. 시(詩)

칸영화제(Festival de Cannes)에서 이창동 감독의 〈시(詩)〉라는 제목의 영화가 각본상을 받았다는 낭보가 얼마 전 전해졌다. 영화인이라면 모두가 한 번쯤 꿈꾸는 세계 3대 영화제의 하나인 칸영화제에서 한국 영화의 우수성을 인정받았다는 건 개인의 영광을 넘어 한국 영화계의 일대 쾌거였다. 그가 감독한 작품은 모두 흥행과 영화 평론에서도 극찬을 받아 세계적인 거장의 빈열에 올랐다.

국내에서는 영화진흥위원회의 제작비 지원도 받지 못한 영화가 해외에서는 쟁쟁한 감독들을 제치고 수상의 영광을 차지했다는 건 아이러니한 일이 아닐 수 없다. 아울러 일부 영화관의 과도한 상업주의 때문에 개봉관을 확보 못 해 영화마니아들의 관람권까지 박탈한 일은 모두가 되새겨 볼 일이다.

〈시〉라는 영화는 '미자'라는 다소 엉뚱한 캐릭터를 등장시켜 극적인 인생을 살아가는 감성적인 한 여인의 시선에 포착된 사회상을 그렸다. 왜곡과 가짜 뉴스로 변질된 사회 현실에 대해 시적 메시지를 던짐으로써 관객들에게 잔잔한 감동을 불러일으켰던 영화로 작품성에서 심사위원들에게 높은 평가를 받았다.

내가 이창동 감독을 만난 것은 이십 대 시절 『소설문학』이라는 문학잡지를 통해서였다. 그는 이미 청년 시절부터 현실 참여적 문제 소설을 쓰던 작가였고 전직 국어 선생님이었다. 그의 능력은 이미 〈박하사탕〉, 〈밀양〉이라는 작품으로 널리 알려졌으며, 지난 참여정부 시절에는 문광부 요직에 중용되었던 사람이다.

냉철한 이성과 지식이 횡행하는 사회는 지나치게 이기적이고 개인주의적인 성향을 띠게 마련이다. 요즘 학생들 역시 학교 성적에만 매달리다 보니 시 한 편 소리 내어 읽어 보는 여유조차 갖기 어렵다. 국어 시간에도 시 낭독하는 모습을 찾기 힘든 세상이 되었으니 말이다.

감성지수가 인간의 행복지수와의 상관관계가 높다는 통계가 있다. 감성이 풍부한 학생은 다른 학생들보다 친구 관계에서도 비교적 우호적이고 허용적이라는 사실이다. 그러기에 배려와 양보와 타협을 주요 덕목으로 가르치는 인성 교육에서도 '시 낭송' 지도가 효과가 있는 것으로 나타났다.

시는 함축적인 언어로 전달하는 감정의 표현이고 이미지의 형상화이다. 굳이 시를 만들기 위해서 지도하는 일은 오히려 학생들이 시와 멀어지게 한다. 시가 되었든 동시가 되었든 자신이 좋아하는 시 한 편을 찾아 감상하게 해 보자. 그리고 마음에 드는 느낌 좋은 시를 몇 번이고 소리 내어 낭독하게 해 보자. 신록이 짙어 가는 유월의 그루터기에서 푸른 하늘을 노래하는 학생들이 보고 싶다.

안도현이고 함민복이면 더 좋겠다.

그 산을 넘고 싶다

| 화가, 손발로 뛰면 더 생생해
| 우주 섭렵하는 창조의 즐거움

산에 높이 오를수록 시야가 넓어진다. 관찰의 대상이 풍부해지고 시점에 따라 풍경이 숨 쉬는 모습도 다양해진다. 나무와 풀이 대화하고, 자연이 바람의 운율에 따라 노래하며 사유의 창으로 사람들을 불러 모은다. 창 너머 갖가지 꽃들이 음유의 산맥을 타고 수묵처럼 번져 간다. 먹물이 떨어진 자리에 이름 모를 꽃들이 만개할 때, 발 빠른 화가는 절정의 순간을 놓칠세라 꽃무릇을 형상화한다.

화가가 별난 이유는 풀 한 포기라도 감각의 덫에 걸리면 거미줄처럼 쉽게 빠져나가지 못하게 한다는 점이다. 그들은 가슴으로 엮은 감성의 거름 장치에 여과시켜 새로운 세계를 만들어 낸다. 그러기에 구태여 발로 뛰지 않아도 우주를 섭렵할 수 있는 창조의 즐거움을 만나는 일이 한젬마의 덕분이라면, 내 게으름을 노골적으로 드러낸 것이라 추궁해도 변명의 여지가 없다.

『나는 그림에서 인생을 배웠다』로 자전적 이력을 단순 명쾌하게 그려 내어 애독자를 사로잡았던 그가, 이번에는 생생한 현장감을 살리기 위해 발로 뛰어다녔다. 화가의 고향을 찾아가 작가의 내면세계를 햇볕에 고추처럼 널어놓을 요량이었다. 그래서인지 작가의 아련한 유년의 향수와 함께 팽팽한 긴장감을 맛볼 수 있는 신선한 필치가 열정적으로 다가온다.

언제부터 예향 하면 전라도로 반추할 만큼 우리 고장은 한국 문화 예술 창조의 메카가 되었다. 수화(樹話) 김환기에서 의제(毅齋) 허백련까지 동서양을 넘나들며 한국 화단을 호령했던 화가들이었기에 남도의 맥을 이어 가기 위한 산고로 지금도 많은 사람의 이마에 땀방울이 송골송골하다.

고산(孤山) 윤선도의 증손으로 조선 중기 화단의 맥을 이어 갔던 '공재(恭齋) 윤두서'. 그가 〈자화상〉이라는 불세출의 작품을 출산했을 때만 해도 한낱 이름 없는 환쟁이 취급을 받았다니 세상의 이치는 참 알다가도 모를 일이다. 날카로운 윤곽선에 이글거리는 듯한 눈매, 세상을 잠재울 듯한 이지적인 미소가 범상치 않음에도 말이다. 얼굴에 억새처럼 피어 있는 수염들은 올곧은 선비의 상징인지, 본인만의 개성인지 물어볼 수는 없지만, 한껏마는 한 시대를 풍미한 기개의 표상이라 서술하였다. 역사의 굴절과 반전 속에서 혼돈의 삶을 살다 간 나르시시스트 '공재 윤두서', 늦가을 빈들에 서 있는 나목을 보는 것만 같아 위로의 글 한 줄 띄우고 싶다. 내친김에 공재를 소재로 쓴 시를 소개한다.

녹우당(綠雨堂)에 초록 비가 가득하다
다시는 햇살의 자유를 허락하지 않는 국보 제240호, 땅끝
붓에 홀려 스스로 귀를 잘랐으니 자해라 해도 죄가 되는 시대였을까

칼(枷)에 종신형을 받고 백 년을 모질게 견디다
산죽으로 자라는 것은 구레나룻뿐
살아 있는 화석, 자화상을 만나러 가는 길이 이렇게 아득하다

황톳길 무명 햇살을 따라 걸어간다
육백 년을 거뜬히 뛰어넘은 팽나무 아래 공재가 서 있다
이글거리는 듯한 눈매, 더듬어 낼 수 없는 이지적 미소에 올찬 수염이
초원을 질주하는 아프리카 표범이다

갓끈을 곧추세워 쓸 수 있다면 내 귀도 같이 자를 수 있겠다만
지금은 볏단처럼 입도 묶고 귀도 닫을 때
사랑채를 돌아 나오는 공재 기침 소리가 기왓장에 쟁쟁하다

올곧은 터럭 한 가닥 건네받아 녹우당을 빠져나온다
뒤란 대숲을 핥고 나온 천 년의 바람이 날카롭다

삼백 년 전의 초록 비가 날리고 있는 해남 벌에 서서
귀가 떨어져 나간 줄도 모르고 있는 나
곁눈질로 턱밑 수염만 밋밋하게 그리고 있다

– 「살아 있는 화석」 전문

공재가 조선 화단 남종화의 백두대간을 이어 갔다면, 수화 김환기는

근대 추상 화단에 우주를 점으로 갈무리한 화가라 표현하면 적절할 듯하다. 맛깔스럽게 차려 놓은 밥상에 그가 좋아하는 젓갈 하나 빠졌다면 어떻게 되었을까? 신안 안좌도의 천일염 독에 처박아 썩힌 밴댕이 젓갈에, 풋고추 뭉뚝 분질러 먹는 맛을 알고 있었을 것이다. 세월이 흐른 지금, 그는 어디서 무엇이 되어 다시 만날 날만을 손꼽아 기다리고 있을지 알수 없는 일이다.

많은 사람은 화가 하면, 그림을 떠올리고, 그림은 잘 그려야 하며, 그래서 나는 소질이 없다고 쉽게 단정해 버리는 사고방식이 고정관념이자 통념의 오류다. 미술 교육이 감성지수의 확장을 통한 심미안 육성에 있다면, 기능보다는 작품을 나름대로 보는 혜안을 길러 주는 것이 우리가 해야 할 일이다. 왜냐하면, 화가가 미술 생산자라면 관객은 소비자여야 하기 때문이다. 시대가 미술 생산자보다는 더 많은 소비자를 필요로 한다. 생존을 위한 먹이사슬이 복잡할지라도 그림 한 점 감상하는 여유는 누려 볼 일이다.

노란 은행나무 길, 화가의 숨결을 만나 보자.

욕도 필수다

열등감 해소 위한 공격적인 행동

인터넷 문화 유혹 떨쳐내고 가야

들리는 말로 요즘 학생들은 욕이 필수여서 입에 달고 다닌단다. 기분이 좋으면 좋다고, 나쁘면 나쁘다고 마구잡이식 욕을 내뱉어 걱정이다. 욕이 자신의 품위를 손상하는 일이라는 것도 모른 채, 그들에게 획기적인 대화 방식이 되었다니 심각한 문제다. 어떤 심리학자는 폭력적 언어, 욕설의 근원이 열등감 해소를 위한 공격적 행동의 표출이라고 지적했다. 그러니 학생들이 돌파구를 찾는 방법으로 분별없이 욕을 하는 게 아닌가 싶다.

학생들은 각종 시험이나 친구 또는 부모와의 의견 충돌 등의 다양한 이유로 스트레스를 받는다. 그러기에 욕구 불만 해소 수단으로 마구 욕하기라니, 대화의 시작부터 끝까지 비어나 저속어를 달고 있어 듣기가 민망할 정도다. 어느 인터뷰에서 한 여학생은 욕을 하면 쾌감을 느낀다며, 자신의 의지와 관계없이 불쑥 튀어나와 황당한 적이 있다고 했다. 무엇이 그토록 학생의 심사를 꼬이게 했는지 생각해 볼 일이다.

대학 입시나 취업 전쟁에 휘말린 학생들에게 바르고 고운 말을 사용하라는 어구 자체가 들릴 리 만무하다. 오로지 상대와의 싸움에서 무조건 이겨야 한다는 경쟁의식이 팽배해 있는 한, 사람의 기본을 가르치는 바른 언어 교육은 허상처럼 들릴 뿐이다.

다중매체의 번성이 가져온 인터넷 문화의 독성도 짚고 넘어가야 할 일이다. 익명으로 소통이 가능한 사이버 공간에서 차마 입에 담지 못할 대화들이 넘쳐난다. 정보 공유를 위한 관계망이 화풀이나 스트레스 해소를 위한 마당으로 변질되어 학생들을 유혹하고 있다.

학생들도 스트레스를 해소하는 나름의 방법이 필요하다. 그러나 주변 환경은 이들을 받아 줄 만한 여건이 성숙하지 않았을뿐더러 해결 가능한 사회 네트워크마저 온전치 않다. 혼자 떠안고 가기에는 너무 버거워 보여 학부모와 학교 간의 긴밀한 연계 지도를 제기하는 이유다.

학생들은 부모나 기성세대들의 모습을 여과 없이 그대로 반영하는 거울이다. 내 자식은 그럴 리 없다는 안이한 생각은 자녀 교육에 도움이 안 된다. 울타리에 버려져 있는 등나무에서 자주색 꽃이 필 거라는 기대는 버려야 한다.

등꽃이 핀 것은 오월의 햇살이요, 거름 때문이라는 걸 알아야 한다.

아직도 TV 옥외 안테나가 서 있다

사내의 구멍 난 러닝셔츠
아이, 끝내 돌아오지 않아

아이는 어제도 오지 않았다.

바닷가 끄트머리 마을에 가면 아직도 TV 옥외 안테나가 갯바람을 물고 위태롭게 서 있다. 그날, 늙은 사내는 통발을 싣고 가두리 양식장을 조심스레 빠져나갔고, 그녀는 깁다 둔 그물코를 뜯고 어디론가 자취를 감춰버렸다.

그녀가 수평선 너머 아열대 지방에서 왔다는 이야기를 처음 들었을 때, 거뭇한 살갗에 뭉뚝한 손가락 마디가 바닷가 늙은 사내와 흡사하리라 생각했다. 동네 사람들은 정말 천생연분이라며 수군거렸고, 그녀의 두툼한 입술 때문인지 늙은 사내는 소주에 버무린 붉은 해삼으로 신바람을 냈던 터였다. 난 바지를 끌어내리고 오줌을 갈겨도 되는 나이였기에 늙은 사내가 뒹구는 집 마당에 가끔 실례를 범해도 괜찮았다.

그때마다 늙은 사내는 세탁기에 쌀을 헹구고 있었고, 그녀는 먹음직한 TV에 두 눈을 또렷이 맞춰 놓고 있었다. 엊저녁은 샛바람이 어긋나게 불어 댔다. 늙은 사내는 나이만큼이나 오래된 장화를 신고 슬레이트 지붕으로 올라가 TV 안테나를 정남쪽으로 맞춰 놓았다.

통발을 놓기 위해 달려가면 반나절이 더 걸리는 거리였지만, 늙은 사내는 낮 열두 시면 어김없이 돌아와 탈수기로 쌀을 말렸다. 눈물 나는 연속극이 나오는 그녀의 시간이면 사다리를 타고 올라가 TV 안테나를 남쪽으로 맞추곤 하였다. 그때마다 손에는 밥주걱이 항상 들려 있었고, 그러다가 수평선의 뭉게구름을 떠다가 양은 밥그릇에 퍼 담기도 했다. 동네 사람들은 그 모습이 측은했던지 밑반찬이라도 날라다 줄 요량으로 줄곧 늙은 사내의 동태를 살펴보기도 했다. 엊저녁 마을회관에서 청년 회의가 열린 후, 집마다 TV 안테나를 정남쪽에 고층 빌딩 높이로 다시 고쳐 매기로 했다.

늙은 사내의 까닭 모를 눈물이 해수면을 끌어올렸는지 그해 여름엔 유독 파고가 높은 날이 계속됐다. 마을 청년들은 그녀를 찾기 위해 밤새 어군탐지기로 더듬질을 계속했지만 걸려 나오는 건 폐그물에 눈을 부릅뜬 불가사리뿐이었다. 마을의 모든 안테나를 정남쪽으로 맞추고 톱니 소리가 나도록 TV 채널을 돌렸으나 그녀는 수평선 부근에서 늙은 사내의 주파수를 지워 버린 지 오래였다.

마을 청년들은 실종된 그녀를 찾지 못했다. 그녀는 완벽에 가깝도록 지문조차 남겨 놓지 않았다. 가장 친한 친구였던 리모컨만 채송화 곁에서 짜글대고 있었다. 타다 남은 부지깽이가 모로 누워 있는 것으로 보아 늙은 사내의 품이 되기에는 아무래도 온기가 부족했던 모양이었다.

숙모라고 부르기에는 너무 먼 땅 끝자락에 갔더니, 철사에 꽁꽁 묶인 TV 옥외 안테나에 속옷이 펄럭거렸다. 마치 흰 손수건을 걸쳐 놓은 늙은 뱀 허물 같은, 사내의 구멍 난 러닝셔츠였다.

아이는 오늘도 돌아오지 않았다.

빗속에서 누가 우나

연례행사, 양수기 역할 언제까지
잠방이 차림 빗물 퍼내느라 흠뻑

자연 재앙에 발만 동동 구르고 있는 사람들이 망연자실이다. 자빠진 벼를 세우다 사람까지 함께 쓰러지는 논바닥, 낙과를 줍다 허리를 다쳐 앉지도 서지도 못하는 사람들, 제 살 깎아 물꼬를 텄던 농민들이기에 하늘이 원망스럽다. 쓰나미처럼 밀려드는 물벼락을 피해 집을 비워 둔 사람들이 가재도구를 펼쳐 놓고 선풍기에 이불을 말리고 있다.

빗속에서 누가 울고 있다. 천장이 뚫려 연못이 되는 교실에서 학생들이 물을 퍼내고 있다. 선생님은 팔을 걷어붙이고 빗물을 퍼내느라 속옷이 흠뻑 젖었다. 연례행사처럼 치르는 풍수해 복구에 잠방이 차림의 학생들이 양수기 역할을 대신하느라 바쁘다. 그런데 신축 교실에서 이런 일이 자주 일어나니 이해할 수 없다. 우리의 토목·건축 기술이 우수하기로 세계적인 정평이 나 있는데, 유독 학교 건물만큼은 예외인 것 같아 언짢다.

매년 반복되는 일이라 으레 학교 공사는 그러려니 하고 넘어가는 게 관습이 되었다. 사후 보수도 소홀하여 사업자와 학교 간에 밀고 당기는 책임 떠넘기기 말다툼이 여전하다. 개교는 했어도 이웃 학교 셋방 살림을 전전해야 하는 경우나, 완공이 덜 되어 임차 버스를 이용해야 하는 등의 예산 낭비도 심각하다. 교실이 없어 셋방을 쓰거나 교실에 비가 새는 일은 상식이 아니다.

학교 건물은 지었다 하면 부실이니 이를 어떻게 설명해야 할지 모르겠다. 아무런 이야기도 없이 조금만 기다리라고 한다거나 설계 도면대로 했으니 책임이 없다고 돌아서는 두둑한 배짱은 어디서 나오는지 알 수 없다. 이해할 만한 최소한의 설명도 없이 무작정 기다려야 하는 학생, 학부모, 학교가 답답하다.

이 기회에 무엇이 문제인지 짚고 넘어갈 필요가 있다. 학교 신축이나 증축 시 설계 기간까지 고려하면 빨라야 가을에 공사가 시작되는 게 문제다. 그러니 겨울 공사가 이뤄지고 기간에 맞추기 위해 서두르다 보면 부실 공사가 될 수밖에 없다. 신축 공사일수록 봄·여름에 해야 하는 게 맞는 일이다.

공사 기간에 쫓기다 보니 항상 부실투성이다. 공사를 지역 업체에 맡기는 것은 좋은 일이나, 다시 하도급을 주는 게 관행처럼 돼 있다. 몇 단계의 하도급이 이뤄지다 보니 공사비 문제와 책임감 부재에 기술까지 의심받아 결국 피해는 학교가 고스란히 떠안아야 한다. 건설업계의 구조적 모순을 모르는 게 아니지만, 학교 공사만큼은 낙찰업체가 반드시 해야 한다는 강제의무 조항을 두는 것도 고려해야 한다.

설계에서부터 공사 과정과 준공까지 철저한 감리 감독이 필요하다. 적은 인원으로 공사 감리 감독 인력의 한계가 있다면 증원을 해서라도 해야 한다. 건축 전문가가 아니면 알 수 없는 것들이 태반이기에 학교에서는 손을 쓸 수 없다.

교육시설감리단이 출범했다고 한다. 시설공사의 투명성이 확보되고 부실 공사 예방에도 큰 도움이 될 거라고 하니 기대해 보자. 책임 이행 여부에 따라 입찰 조건에 불이익을 주는 방식, 공사 시기와 지연으로 인한 부실 공사 예방, 건물 유지 보수에 들어가는 불필요한 예산 낭비의 비효율성 등을 근절할 수 있는 대책을 촉구한다.

물 받는 양동이, 교실에서 사라지는 때가 올까?

오월의 눈꽃

살아남은 자의 슬픔, 죄책감 옅어져
먼저 간 청춘 위한 기도 끊길까 염려

찔레꽃, 대관령에 내리는 오월의 눈꽃을 닮아 하얗게 핀다. 겨울잠을 깬 지 오래, 어느 이름 모를 여인이 오뉴월에 한을 품었는지 양푼에 담은 쌀가루처럼 수북하게 내린다. 길에 밟히는 게 찔레꽃이라고 애써 피하려 하지만 소복 차림으로 산천에 저렇게 의젓이 수를 놓았으니 자연의 신비가 고마울 따름이다. 궁핍한 시절에는 아이의 간식으로, 노후 건강을 염려하는 분들에겐 청정 건강식품으로 가족 간의 사랑을 상징하는 꽃이라 모닥모닥, 끼리끼리 어깨를 겯고 핀다.

그러고 보니 오월에 피는 꽃 중에는 유독 흰 무채색 꽃들이 많다. 60년대 산림녹화용으로 조림했던 아까시나무부터 울타리 탱자꽃, 작약이며 백도라지에 까치수염, 행동하는 양심으로 회자하는 인동초에 창공으로 비상하는 듯한 산딸나무, 때죽나무에 이마를 맞대고 있는 이팝나무 꽃송이리, 그 옛날 몇 그릇의 밥으로 환산되었다니 길가에 씀바귀만 숨 쉬고 있어도 저절로 배가 불룩해진다.

아침 출근길, 어느 공장 사택 창살을 감고 올라가는 핏빛 덩굴장미가 햇빛에 붉디붉어 저절로 눈이 감긴다. 올봄은 왜 이리 가슴을 아리게 하는 일이 많은지 장미 향기만 맡아도 가슴이 철렁한다. 계절의 여왕에 장미의 계절이라는 오월이 아름답다기보다 처연한 이유를 모르겠다. 오월 광주 영령처럼, 하얀 손수건에 뚝뚝 떨어지는 각혈처럼, 너무 붉어 그날 금남로의 핏빛이다. 진도 앞바다, 유명을 달리한 삼백여 영혼들이 유리창을 깨고 환생한 꽃들이면 좋겠다.

사회 가치관이 혼돈에 혼돈이다. 사리 분별력도 흐려지고 사회 정의에 기댈 의지조차 없다. 이른바 신자유주의를 표방하는 국가 주도의 사회정책에 대한 신뢰도가 여객선 참사로 깡그리 무너졌다. 핵심은 빠진 채 변죽만 요란히 울려 대는 꼴이고 언론마저 제 기능을 상실한 지 이미 오래다. 그럭저럭 오늘의 삶에 만족하며 살아야 한다.

내일이 걱정이다. 언제 그런 일이 있었냐는 듯 온통 네온사인으로 도배할 것이고, 불빛을 안주로 몇 잔이고 퍼마실 것이다. 살아남은 자의 슬픔도, 죄책감도 모조리 문고리를 걸어 잠글 텐데, 먼저 간 청춘들을 위한 기도마저 끊길까 염려된다.

장사익의 〈찔레꽃〉 한 곡조 듣는다. 민족의 한을 소리로 풀고 정화를 빙자하여 각박한 세상을 향해 낭자하게 뿌려 대는 노래다. 그렇다면 온몸으로 부딪쳐도 젖지 않을 터, 당분간 나도 흰 꽃으로 장식되어 있을 것이다. 울어도 마르지 않는 진도 앞바다의 지독한 조수처럼, 그러다가 땅거미 우수수 떨어지면 눈자위를 훔치며 돌아가겠지.

오월의 눈꽃, 찔레 한 송이 머리에 꽂고.

제 2 부

풍경이 숨 쉬는 창

풍경이 숨 쉬는 창

– 와온(臥溫)은 저녁에 내린다

갯바위마다 음표가 통통 튀는 와온 저녁,
삶의 시동이 걸리지 않는 사람들 가 보시라

　저녁 어스름이 땅강아지처럼 스멀거린다. 와온* 저녁, 닻을 내리는 선창 부근이 코발트빛에 부스스하다. 온종일 바다는 쪽물을 우려내어 저고리 치마를 저리 널고 곱게도 차렸다. 어둠에도 눈이 저리다며 어리광을 부리는 저물녘, 이름 모를 섬들이 부표처럼 햇살을 먹고 있고 해넘이는 치맛단에 치자 물을 듬뿍 적셔 벅벅 붓질해 댄다. 헐렁한 거미줄에 내다 건 내 생의 반음표가 나부낄 수 있다면 당장 소슬바람이어도 좋겠다. 반나절 바짓가랑이에 스며들어 광풍으로 솟구쳐도 춥지 않겠다.

　와온은 저녁에 내린다. 운주사 와불이 되어 누워 있는 바다, 눕기 위해 누워 있는 갯벌을 만나러 곳곳의 진객들이 하나둘씩 모여든다. 이카로스 날갯짓에, 갯고둥 수만큼, 마른 헛기침도 없이 꽁무니에 길을 달고 물어물어 온다. 배낭에는 내비게이션에 다 닳아진 칫솔, 족집게에 가까운 일회용 면도기, 샘플 화장품, 제 몸뚱이보다 큰 카메라를 든 사진작가도 있다. 그냥 유랑을 간식 삼아 떠돌아다닌다는 나홀로족에, 진짜 원조 짱뚱

---

* **와온** : 노을로 유명한 순천만에 있는 바닷가 마을

어 맛을 담아 가겠다는 식객들이 저녁 와온 따뜻한 바다에 등을 눕히기도 한다. 여기에 아예 시동을 끄고 억새 무덤의 풀벌레처럼 묵화를 읽는 사람도 뭉게구름에 조심스럽게 앉아 있다.

눕는 것은 묵객만이 아니다. 갈대 무리도 덩달아 자리를 곱게 편다. 함께 갈잎을 갉아 대는 붉은발말똥게의 주둥아리가 분주하다. 이땐 두 눈을 지그시 감아야 비로소 보인다. 촌로도 세월의 지게질에 꺾인 허리를 다독이다 바람 한 컵 마시고 십오 촉 백열전등 아래 누울 것이다. 누웠다가 일어나고, 일어났다 다시 눕고 서로 어깨를 기댄 채 일어서는 갈대처럼 말이다. 갈대의 앙다문 입술이 물꽃처럼 허옇게 뽀글거린다. 사람과 갈 숲, 부딪치며 닳아지는 정강이뼈가 서편으로 삐걱거린다. 모두가 풍경이고 숨 쉬는 창이다.

뻑뻑한 함초 퉁퉁마디 사이를 짱뚱어가 절룩거리며 지나간다. 허리 놀림이 들배지기 감이다. 툭 불거져 나온 망원경으로 우주를 너그럽게 경계하면서, 저녁 바다가 놀이터라는 듯 공손히 배꼽에 지느러미를 모았다가 입맛을 다신다. 행인의 식탐을 눈치챘는지 구멍을 파던 짱뚱어가 삼단멀리뛰기를 한다. 땅 짚고 헤엄치는 모습이려니 했는데, 설마 근처 매운탕 집을 제 발로 들어가는 건 아닌지 먹이사슬에 천적이 된 사람들의 눈길을 피하기가 이렇게 어렵다.

반딧불이가 풀잎에 동심원을 그리자 바다 카페를 알리는 외등이 켜지고, 불빛에 갯일을 끝내고 돌아가는 아낙네의 챙이 모자가 길섶에 길게 늘어선다. 저녁 공양을 알리는 암자는 왜 이 시간만 되면 어김없이 북소리를 목청껏 쏟아 내는지 모르겠다. 초저녁잠에 든 심술궂은 주지 스님이 속세를 향해 내리치는 회초리는 아닐 텐데. 후후, 거룻배의 귀항을 알리는 수신호라는 걸 아무도 아는 사람이 없어 좋다. 그냥 어느 저문 가을날, 발목까지 빠지는 갈대밭에서 쫀득쫀득 묻어나는 섶비빔질이라 해 두자.

눈먼 가로등보다 빠르게 놓인 길을 따라간다. 구부러져 더욱 아스라한 길, 저 모퉁이를 돌아가면 갯바람에 섞여 피는 해무 정도는 볼 수 있을 것이다. 마당에 보랏빛 과꽃 가득한 하얀 집도 만날 수 있겠지. 삶은 달걀에 소주잔 부딪치는 어느 부부의 모습이 은빛 반사경에 들어온다. 아니, 영영 돌아올 수 없는 길을 건넌 단풍잎들이 구두에 밟혀 오동 꽃으로 태어날 꿈을 미리 꾸고 있는지 모르겠다. 건너편 화포, 꽃 피는 마을이 산 그림자에 가려 어른거리더니 뙤약볕만 실컷 먹고 자란 허수아비가 널 뛰듯 너울거린다.

와온에는 저녁이 없다. 갈잎들의 군무와 침묵뿐이다. 누워야 맛볼 수 있는 노을이 파도 소리에 실팍지다. 어머니 곁 같은 온기가 밀물로 차오르고 갯바위에 닿는 파도마다 음표가 통통 튀는 와온 저녁, 콧노래 한 곡절 없인 삶의 시동이 걸리지 않는 사람들은 와온으로 어서 가 보시라.

와온에는 밤이 없다
썰물에 쫓겨 허둥대는 사람들이
길섶에 올라앉아 턱을 괴기도 하고
갈잎을 빗질하기도 한다

칠게와 숨바꼭질하기에는 해가 너무 짧다는 걸
훤히 알고 있는 와온 사람들

나갔던 배가 돌아온다
짱뚱어 몇 마리 손에 들려 있겠구나
노을에 비늘처럼 퍼덕거리는 아이들이
앞다퉈 제비 새끼가 되는 선창가

귀항을 반기기에 너무 늦은 시간
배 물창이 궁금한 해가
저녁 내내 와온을 밝히고 있다.

– 「와온의 저녁」 전문

먼저와 먼지

경청, 주의 깊게 듣는 정도에서
자기 신념도 바꿀 각오로 들어야

먼저와 먼지, 동음이의어도 아닌 두 낱말을 앞에 두고 무슨 말을 해야할까 고민입니다. 어느 포장마차에서 술잔처럼 우연히 오간 이 말이 얼마 동안 뇌리를 떠나지 않았던 이유가 있긴 있었습니다. 어휘의 형태상 비슷한 표기일 뿐, 별 연계 고리가 없어 보이는 이 말이 보여 주는 스펙트럼 때문입니다. 괜히 말꼬리를 잡는 말장난이 될 것 같아 조심스럽습니다만, 외견상 두 어휘 간의 부적 상관계수는 꽤 높을 듯하여 이야기하고자 합니다. 진정한 지도자의 필요한 덕목에 대해서 말이지요.

먼저와 먼지 관계는 조직 사회에서도 유추 내지는 비유해 볼 만한 일입니다. 이상적인 지도자의 자격을 논할 때 빠지지 않는 단골 메뉴가 있습니다. 바로 경청과 원칙이라는 덕목인데요. 합리적인 지도력은 열린 경청과 원칙 준수라는 기제가 동반되어야 시너지 효과를 발휘합니다. 그러므로 경청이 소통의 시작이라는 말은 모두가 백배 공감하는 말이지요. 그러나 경청의 중심에는 '먼저'라는 의미가 내포되어 있음에도 이를 무시해 버립니다. 경청이란 주의 깊게 듣는 정도가 아니라 자신의 신념과 의지까지 바꿀 각오로 들어야 하는데 말입니다. 마음을 열고 먼저 들어야 할 상대편의 말에 귀 기울이지 않으니 많은 사람이 아파하는 건 당연합니다.

　의견이 상충할수록 극단적인 온도 차를 줄여야 대화의 창구가 열립니다. 그 가치 덕목이 존중과 배려입니다. 원칙이 객관적이고 외재적이라면 존중과 배려는 극히 내재적이고 주관적 가치입니다. 원칙 준수를 명분으로 한 지시나 강요는 불신과 대립을 조장할 수도 있는 쓸모없는 먼지에 불과합니다. 그런데 공공의 선에 어긋나는 일들이 지금도 비일비재하게 횡행합니다. 독선과 아집, 힐난과 핀잔은 사고체계가 단순한 사람들이 저지르는 권위적 행태의 산물임에도 관계와 관례를 빌미로 무분별하게 남용하는 게 현실입니다. 이런 동토에서 소통의 개화를 논한다는 자체가 무의미한 일이지요.

　소통과 화합은 동반자적 관계입니다. 조직 사회에 있어서 관리자의 독선과 아집은 사고의 경직성이 낳은 불행한 씨앗입니다. 완장을 차고 호루라기를 불며 감정노동자를 향해 손가락질하는 행위와 다를 게 없으니까요. 전례가 있었으니 나를 따르지 않으면 안 된다는 맹목적 강요를 한다면 자기 함정에 매몰된 사람입니다. 지나친 패권의식에 상대편이 느끼는 박탈감이나 모멸감에도 아랑곳없이 자기 생각이 옳다는 착각은 마치 깊은 수렁에 빠져 있는 개구리 격이지요. 타인에겐 엄격한 잣대를 들이대고 자기에겐 한없이 너그러운 이중적 태도는 원칙 없는 정치판에서나 있을 법한 일입니다. 시각차는 인정하더라도 무조건 틀렸다는 냉소적 반응은 배타적 지도력이므로 버려야 할 나쁜 가치입니다.

먼저는 소통이요, 먼지는 불통입니다. 소통의 시작은 먼저입니다. 불통은 먼지를 일으키는 장본인입니다. 먼저와 먼지를 사전적으로만 해석해서는 안 되는 이유입니다. 결과를 평가하고 해석하는 일은 각자의 몫이지만 먼저는 실천적 용기가 반드시 수반되어야 합니다. 내 이가 지금 튼튼하니 못 씹을 것이 없다는 생각은 과욕을 넘어서 만용이지요. 마치 자기 경험이 그랬으니 그대로 따라 하면 된다는 식의 구태가 그렇습니다. 그런데 그 원칙이라는 것도 때와 장소, 시대적·환경적 요인 등에 따라 달리 해석 가능한 유동적인 가치일 뿐이지요. 다만, 원칙은 고집하는 것이 아니라 지켜져야 할 일이라는 사실은 만고불변입니다.

민주적인 조직 문화는 구성원뿐만 아니라 동료들과의 활발한 소통에서 이루어집니다. 소통은 강철을 뚫고도 남는 넉넉한 힘이 있습니다. 먼지가 평지풍파를 일으키는 것은 먼저라는 인식의 결핍에서 오는 자가당착적 고집을 앞세우기 때문이지요. 여러 사람의 말에 귀를 활짝 열어야 합니다. 시쳇말로 최종적이고 불가역적인 사고의 틀에 갇혀 있으면서 권위에 기대어 사고의 유연성을 논하는 일은 어리석은 일이니까요.

먼저가 먼저입니까, 먼지가 먼저입니까?

희미한 옛사랑의 그림자

　머리맡의 물그릇, 북극 거대한 빙하
　녹슨 계단, 썩어 가는 불 꺼진 창문뿐

　아무리 빈곤한 인연일지라도 등 뒤로 흐르는 시간 앞에선 아름다운 추억이 되는 풍경을 확인하러 가는 길, 33년 전 더벅머리에 길들지 않은 풋내기 교사의 비망록을 더듬어 가는 투어를 무더위에 감행한다. 필연에 가까운, 그래서 더 간절한 마음과 눈길로 쓰다듬는 옛 풍광들이 지붕 없는 미술관 고흥반도에 펼쳐진다.

　바퀴를 돌리면 넓은 저수지를 끼고 돌아가는 길모퉁이 참나무에 거미집 공사가 한창이다. 콜타르 판자벽에 시커먼 기왓장이 교실을 지탱하기에는 과적 차량이었을 때, 큰 어른들로 보였던 선배 교사의 불호령이 불볕더위보다 더 뜨거웠다면 너무 과장됐을까? 싹수마저 노래 고집불통이었으니 꿀밤을 맞아도 쌀 일이었다. 시커먼 아궁이 속으로 성냥개비를 들이밀며 흘려야 했던 땀방울이 낙숫물처럼 회한으로 흘러내린다. 구들장이 데워지거나 말거나 맴맴 불쏘시개에 입김을 불어 넣어도 냉골이긴 마찬가지, 머리맡 물그릇은 북극의 거대한 빙하로 변해 있었다. 쩍쩍 갈라진 비현실적인 추상화처럼 말이다.

　80년대 농어촌 냄새는 향기로웠으나 이렇게 고립됐었다. 무엇이든 홀로 해결해야 할 일상생활이 왜 이리 어둡고 칙칙하여 발걸음을 더디게 하냐며 막걸리 주전자를 빨며 고갯길을 내려왔다. 부둣가 갯풀 탐구에 머리를 조아리던 아이들, 환호성을 지르며 따라오던 그들이 오십 줄에 들어섰을까 싶다. 당산나무에 갈래머리를 감추던 여학생은 중년 엄마가 되어 있겠지. 배가 불러야 잠이 오던 때, 텃밭 채소는 훌륭한 간식거리였고, 커피포트에 산낙지를 고문시켜 채워야 일주일이 배부른 시절이었다.

가장 멋있는 교직 생활을 꾸리려면 빼어난 미각을 가져야 한다는 선배의 말씀을 농담이라고 밀쳐 두더라도 갯벌이 엉망진창인 마을에서 만난 농게 장맛을 잊을 수 없다. 석화, 낙지, 참꼬막, 바지락까지 해산물로 그득한 담벼락 구멍가게에서 젓가락 장단이라도 맞춰야 다음 행보가 이어졌다.

비틀거리는 자갈길에 빗물이 흥건하게 고여 있었다. 혼자의 무게로 가벼웠을 냄비 밥이 무슨 오기가 발동하여 허공에 뱉었는지 기억이 가물가물하다. 누가 사랑을 아름답다고 노래했는지 모르지만, 분명 청맹과니의 횡설수설이었을 게다. 눈길을 끌고 가니 폐교 마당에 전봇대만큼 자란 망초들이 훌렁거리며 겸연쩍게 맞이한다. 낯선 부임지의 첫날밤, 쿵쾅거리는 가슴을 쓸어내리며 밤새 숨죽였던 어떤 이처럼.

빛바랜 흑백사진 몇 장 들춰 보는 일, 낯선 풍경을 보고 흘러간 시간을 계산하려는 게 아니다. 탱자 가시 울타리까지 잊고 불러 젖혔던 노랫가락은 더욱 아니다. 무너져 가는 사택 처마에서 때 이른 잠자리가 연신 녹즙을 빨고 있다. 벌써 어스름이 윷판 멍석처럼 깔리고 팔월의 배롱나무가 옆구리를 툭툭 건드린다. 녹슨 계단에서 바라보니 아직 몰골을 유지하고 있는 것은 썩어 가는 불 꺼진 창문뿐이다.

유리창에 뭔가 어른거려 파초인가 했더니 아, 희미한 옛사랑의 그림자인 것을.

플라타너스 우듬지에 붉은 노을이 걸쳐 있다.

한사코 먼 산만 바라보는 어르신들이 까치발로 손을 흔들던 그 날 이후, 교실엔 곰삭은 달빛이 남나들고 사주를 경계하던 충무공 동상도 눈이 침침한지 날벌레들 운동회만 한창이다
가장 높은 계급장의 국기게양대는 풀린 다리마냥 속절없이 흔들리고, 방범등에 뛰어들어 표본이 되려는지 풀벌레 울음이 가득하다 삐걱대는 풍금에 맞춘 공이 울타리를 넘어 돌아올 길이 막막했던 때 짠물만 닦던 너였다
뽑아 대던 개망초가 너만큼 자라 숲을 이루었지만 문패는 끝까지 떼어 내지 않겠단다 멀리 던진 물수제비가 파도로 철썩거릴 때까지 파수꾼으로 남아 있겠단다 솟대가 되어 오래토록 지켜볼 거란다

송판 자투리에 새겨 놓은 남양서초등학교

- 「폐교장에서」 전문

시민이 상전이다

공짜 선거, 몇 곱절 돌려주는 악순환

시민을 상전으로 받드는 일꾼 찾아야

바야흐로 선거의 계절이다. 지방정치에 뜻을 둔 후보자의 발걸음이 분주해지면서 볼거리가 많아졌다. 넘쳐나는 후보자의 현수막과 난무하는 각종 전단과 명함이 거리를 누빌 것이다. 홍보 차량에서 때도 없이 울어대는 노래가 귀청을 후벼 팔 것이니 귀지 걱정도 덜고 꽃잠도 잘게 토막 낼 수 있겠다. 요번이라도 시민이 상전 노릇을 할 기회가 생겼으니 이보다 더 좋을 수 없다.

아침저녁으로 차량이 붐비는 곳마다 늘어선 입후보자들이 얼굴 알리기에 여념이 없다. 허리를 최대한 꺾어 공수 인사하는 모습이 자기 체면을 뛰어넘은 아부의 극치다. 선거철만 되면 나타나는 고약한 버릇이 유권자를 현혹하는 최선의 수단과 방법이니 할 말이 없다.

언제부터 이렇게 시민이 상전 예우를 받았는지 모르겠다. 공짜는 없다며 대접받은 만큼 몇 곱절로 돌려줘야 하는 악순환의 고리는 이제부터 시작인데 말이다. 입후보자가 당선된 시점부터 인사 각도가 달라지는 일을 숱하게 봐 왔던 터다. 좋든 싫든 예의를 갖춰 의원님으로 불러야 하고 상전으로 모셔야 한다. 이른바 정치인이 시민 위에 군림하는 절대 권력 시스템이 가동하는 출발점이다.

우리가 뽑은 정치인이니 할 말이 없다. 민주주의 꽃이라는 선거로 당선된 사람이고 민의의 대변자이니 마땅히 존경받을 만하다. 그러나 매번 불거지는 치명적인 도덕성 결핍이나 자질 부족 시비에도 불구하고, 당선만 되면 '룰루랄라~' 콧노래를 부르는 꼴이 가관이다. 시민의 권익을 대변하기보다 잿밥에 더 투신하는 의뭉스러운 사람들이다.

표가 되는 곳마다 후보자는 얼굴을 내민다. 싫든 좋든 손을 뻗어야 선거발이 선다. 진정성 있는 위문이라면 몰라도 감춰진 선거 전략이라면 비난받아 마땅하다. 자원봉사 차원이라지만 막상 도울 일도 없어 오히려 공분만 산다. 득표 가능성만 있다면 계획에 없던 행사를 추진하고 군중을 모아서 고성을 내야 직성이 풀리는 선거 문화를 고쳐야 한다.

각종 이권 개입에, 위풍당당한 고압적 자세며, 말꼬리를 잡고 늘어지는 이전투구 양상은 물론이다. 고을의 선량이 몰염치한 행동을 서슴없이 하는데, 내 말을 잘 들어야 한다는 식의 훈계는 이제 먹히지 않는다.

지방선거가 며칠 남지 않았다. 지역 사회 발전과 시민을 상전으로 떠받드는 기본이 탄탄한 일꾼을 찾아내야 한다. 여느 때보다 유권자들의 바른 혜안이 필요하다.

판단 착오, 내 발등을 찍는 일이 있어선 안 된다.

젖 먹이는 남자

수유, 밥물 조절과 세탁, 음식 조리법
외조라는 현명한 과업 제대로 수행해야

시대의 변화를 실감 나게 하는 일이 여럿 있다. 인구 감소 정도가 아니라 절벽이라며 출산율을 높이기 위한 각종 제도적 장치를 마련하면서 여러 가지 정책이 쏟아져 나왔거나 심사 계류 법안들이 상당수 대기 중이다. 이미 시행한 법안이지만 남자를 위한 육아휴직 제도가 대표적이다. 남자도 육아에 일정 역할을 해야 한다는 뜻으로 수당까지 지급하고 있지만, 출산율이 답보 상태이니 답답할 노릇이다. 먼 나라 이야기로 들렸을 남자를 위한 육아휴직 도입은 대단히 환영할 만한 일이다.

불이 켜졌다
남자는 겨드랑이에 대고 몇 스푼의 분유를 항생제처럼 털어 넣고 훌렁거리더니 앳된 수유를 시작했다 딱딱한 도토리 젖꼭지에서 나오는 우유에는 달콤한 엄마 냄새가 지워졌는지 아이가 칭얼거렸다 C컵의 여자는 팥알만 한 남자 젖꼭지에서 수유하는 방법을 찾기 위해 칩거 중이었고 남자는 밥솥에 젖꼭지가 보일 만큼 물을 붓고 플러그를 여자 그곳에 깊숙이 꽂아 두었다 며칠째 죽을 썼던 터라 눈금을 재기도 하였고 부식

가게에서 잘 썩은 김치를 사 오기도 하였다 여자는 젖 먹이는 남자를 위한 글로벌 수유 프로젝트에 운명이 걸렸다며 생각의 고삐를 남자의 성기처럼 바짝 잡아당겼다 오늘은 부부의 성전환에 따른 역할 역동성에 관한 연구 결과를 최종 브리핑하는 날이라고 했다 남자가 차린 죽밥을 본체만체하고 나갔다 정보 유출 방지를 위해 창살로 통제된 연구실에는 남자 젖가슴이 술빵처럼 서서히 부풀어 오르는 모습이 유쾌하게 투사되고 있었다

불이 꺼졌다
넥타이를 풀고 브래지어를 더듬더듬 끌어 올렸다 아이가 남자 품에서 젖을 빨다 한바탕 크게 울더니 곧 조용해졌다

― 「젖 먹이는 남자」 전문

몇 년 전, 출판했던 첫 시집 『선암사 해우소 옆 홍매화』에 실린 시다. 남녀의 정체성과 역할에 대한 경계가 서서히 무너지면서 남자도 양육의 한 축을 맡게 되었다. 출산 기피 요인이 다양하지만, 현실은 출산보단 양육에 대한 부담감이 상대적으로 커 보이는 건 어쩔 수 없다. 그렇다 보니 과거에는 상상할 수 없었던 일들이 불거지면서 밖으로 나돌던 남자들도 집안 살림을 꾸려 나가야 하는 상황에 이르렀다. 세태의 흐름도 철저하게 가족 중심이다 보니 가정에서 남자가 해야 할 몫이 커진 것도 사실이다.

맞벌이 부부가 증가하면서 가정에서의 남자 역할과 비중도 덩달아 커

져 육아를 전담하는 남자가 계속 늘어나는 추세다. 밥물의 양을 조절할 줄 알아야 하고, 옷감에 따라 달리하는 세탁 요령이라든가, 간단한 음식을 조리하는 법 등도 익혀야 한다. 그러나 가장 큰 문제는 육아에 있으니 엄마 대신 수유를 하는 일이 중요하다. 거기에 외조라는 현명한 과업을 제대로 수행할 때, 비로소 남자와 남편의 역할을 다했노라고 평가한다면 과욕일까?

젖 먹이는 남자가 대세다.

자연으로 가는 길

| 머위나물, 딸깍발이 닮은 자연 밥상
| 소박 담출하여 숟가락 모서리 닮아져

누가 뭐라 해도 계절의 전령사는 꽃이다. 앞다투어 피어나는 꽃들로 현기증이 인다. 자연의 섭리 중에 으뜸이 개화라고 해도 토를 달 사람이 없어서 좋다. 집 밖으로 나서기만 하면 지천으로 깔린 게 꽃이니, 내가 꽃에 치여 잠들면 깨울 사람이 있을까 조바심이 날 정도다.

논두렁을 따라 걷다 멀리 산벚나무를 만난다. 야산자락 군데군데 자리 잡은 자태가 어두운 골목에서 만나는 가로등처럼 밝기만 하다. 향토색 짙은 갈필로 「산벚나무의 저녁」을 노래하며 농촌 마을의 정겨운 풍경을 맛깔나게 묘사한 어느 시인의 글을 읽어 본다. 산벚나무 발자국을 뒤쫓다 보면 징검다리처럼 펼쳐진 복사꽃도 필연코 만나게 될 것이다.

파릇한 들판에 내려선다. 아직 추위를 머금은 듯 개나리가 늦도록 꽃을 늘어뜨리고 있다. 실개울에 바다를 꿈꾸는 송사리들이 보이지 않는다고 해도 당장은 나무랄 일이 아니다. 몇 해 전까지만 해도 틀림없이 미꾸라지나 메기들이 숨바꼭질했을 곳인데, 자꾸 발 밑창에 걸리는 비닐 조각들이 발목을 잡는다. 고향은 고향인데 지키는 사람이 자꾸 이빨처럼 빠져나가니 어쩐지 허전하여 입천장을 혓바닥으로 공글린다.

눈길을 옮기니 불면 날아갈 듯 꽃다지가 햇살 아래 노랗다. 봄바람에 저항하는 냉이 물결들이 금방이라도 보리밭과 맞물려 파도를 일으킬 기세다. 자운영과 가까이 이웃한다면 모낼 때쯤 한 그릇의 새참은 식은 죽 먹기 같겠다. 문득 햇감자에 먹갈치를 조린 맛 나는 갈치 냄새가 양파밭에 가득하다.

어느 농촌 마을로 접어든다. 뉘엿뉘엿 마을회관 너른 마당에 땅거미가 내려앉았다만 허리 굽은 노인네들의 밭갈이는 아직 대낮이다. 개구리 우는 날만 기다리고 있다는 어떤 늙은 사내의 넋두리가 광대나물인가 했더니 누가 저수지에 찌를 던져 놓고 간다. 파문이 닿는 곳마다 화들짝 큰개불알꽃이 폭죽을 쏘아 올린다.

슬레이트 지붕에는 오래된 감나무가 주인 행세다. 오십 년은 거뜬히 넘었을 듯한 감나무 이파리가 은비늘처럼 반짝인다. 행인들의 눈요깃감으로 쓰기에는 붉은 가을이 너무 멀어 더 기다려야 한다. 이파리가 주인 이마와 비교해 턱없이 좁기는 하나 텃밭은 너르기가 운동장이어서 온갖 풀꽃들이 활개를 치고 다닌다. 물 만난 고기처럼 푸른 채소들이 민들레보다 높이, 멀리 뛰어다니니 바짓가랑이가 흙투성이다. 본래 초보 농사꾼이란 저렇게 티를 낼 법한데, 얌전하게 뒤꽁무니를 따라가면 물을 마시고 있을 돌미나리도 아삭아삭 씹히겠지.

자연 밥상, 딸깍발이를 닮은 밥상이 차려졌다. 소박하고 단출하기가 씀바귀 맛과 비교될까? 달래장에 손두부 두 점, 묵은지로 간을 맞춘 된장국에 머위나물, 상추쌈을 넘기다 보니 숟가락 모서리가 닳아질 지경이다. 봄볕을 쐬자마자 사포로 밀어도 닦아지지 않던 놋그릇이 반짝거린다. 내 무딘 감각도 햇살에 헹궈 맑아질 수 있다면 감나무 아래에서 며칠

이고 머물러도 좋겠다.

머위나물 한 접시, 자연 기행에 마침표를 찍는다.

꽃이 지는 것은 날 위한 약속이며
진 자리 비워 두는 일은
날 위한 배려다

사과꽃 진 자리에는 사과가
복사꽃 진 자리는 복숭아가 열리겠지

내가 풀꽃처럼 진 자리에는
무엇이 열릴까

– 「꽃 진 자리」 전문

풍금이 있던 자리

보리피리에 나팔꽃과 해당화 피어
초록 바다 두 발 담갔던 추억 새록

케이팝(K-pop)의 열기가 세계를 강타하고 있다. 한국의 아이돌이 아시아를 넘어 팝의 본고장인 유럽과 호주, 미국에서도 선풍적인 인기를 누리고 있다니 어깨가 으쓱해진다. 이천 년대 초, 모 드라마가 인기리에 방영되면서 일본 열도에 한류 열풍을 일으키더니, 싸이(Psy)의 〈강남스타일〉에 이어 방탄소년단(BTS)이 세계적 음악잡지인 빌보드차트 연속 1위에 올랐다고도 한다. 한국 케이팝(K-pop)이 세계 대중음악계에 한 획을 긋고 있다.

어린 시절, 가창이 음악 활동의 전부였기에 한 대의 풍금으로 여러 학급이 돌려 가며 썼던 기억이 새롭다. 풍금이 있던 자리에 나팔꽃이 피었고, 해당화가 핀 바닷가가 있었으며, 초록 바다에 두 발을 담갔던 추억이 정겨웠다. 손뼉만으로도 훌륭한 악기가 되었고, 보릿대로 훌륭한 피리를 만들어 들판을 누볐다. 야외 학습 때는 자연의 소리가 오케스트라였으며 모든 학생이 천상의 화음을 만들어 내는 거장 마에스트로였다.

아무리 좋은 악기로 연주해도 목소리처럼 감미롭고 부드러운 소리를 내는 악기는 없다. 아카펠라, 화음을 우려내는 목소리가 환상적이어서 청중들은 기립 박수를 보내거나 앙코르를 외쳤다.

IT 기술이 발달하면서 전자오르간이 보급되었고 클릭 한 방에 필요한 음악을 공부하는 디지털 천국이 되었다. 그래선지 노랫소리는 언제부턴가 사라졌고, 그 자리에 컴퓨터 기기가 자리를 잡았다. 컴퓨터 기기는 일회용 음식처럼 바쁜 세상에 음악을 대중화시키는 편리한 매체지만 천상의 목소리나 자연의 소리를 연주하는 일은 절대 불가능한 일, 그러기에 가공의 기계음에 익숙한 아이들의 심성이 메말라 가는 건 자명한 이치다.

세태 흐름인지 아이들의 절반 이상이 가수가 꿈이란다. 그러니 아이돌의 일거수일투족에 시선이 쏠릴 수밖에 없다. 한류 열풍을 타고 우후죽순처럼 생겨나는 게 요즈음 아이돌 그룹이다. 그런데 춤의 선정성에 지나친 노출과 과도한 몸짓들이 우려스럽긴 하다. 더욱 염려스러운 것은 맹목적인 모방에 따른 특정인 우상 풍조가 아이들의 올바른 가치관 형성을 가로막지 않을까 하는 점이다.

그들의 꿈을 나무랄 순 없지만, 공부 타령만 늘어놓는 어른들의 머리가 따라가지 못하니 어쩔 수 없다. 어떤 부모는 아이돌 공연 입장표를 구하기 위해 밤새 줄을 서고, 공연 전날 좋은 자리를 선점하기 위해 서울까지 동행하는 해프닝이 벌어지는 세상이다.

삐걱대는 풍금을 찾아보기 어렵다. 그러니 함께 부르는 노래가 있을 리 없다. 가끔 오래된 창고에서나 골동품처럼 어렵게 볼 수 있을 뿐이다.

교실 창가로 기계음이 새어 나온다. 따라 부르는 아이들이 피댓줄 돌아가는 소리를 낸다. 목소리도 삑삑거리는 기계음을 닮아 가다 보니 감정이 격해지거나 즐거워서 지르는 소리마저 듣기 거북스러울 때가 많다. 아이들 소리도 쇳소리처럼 들리니 기계 소리에 파묻혀 기계의 노예가 될까 싶다.

음악 시간, 오선지 음표를 따라 부르면 맛깔나는 콩나물들이 통통 튀어나왔으면 좋겠다.

자리를 빼앗긴 풍금. 삐걱대는 발판에서 나오는 바람 닮은 풍금 소리가 그립다.

2월

밥 한 공기, 폐지 수레, 노인의 기침
허리 펼 때마다 한 모금 휴식 주어져

무당개구리
살며시 얼음장을 짚는다

잠시도 버겁다면 땅을 벅벅 긁어 댄다
덧댄 천장에 폭설이 두껍다
거적 한 장 덮기엔 아직 냉기 탱천이다

허리를 깊게 꺾어야 한다

그러니,
쪽수가 모자랄 수밖에

– 「2월」 전문

　설날입니다. 무당개구리가 살며시 얼음장을 짚습니다. 두께를 가늠해
보기 위해서입니다. 삼한사온의 리듬이 깨져 버린 탓에 해가 갈수록 절

기의 순환도 오작동을 일으킵니다. 입춘대길이라지만 경칩까진 아직 멀어 이마가 시린 새벽입니다. 계곡에 기숙하는 다른 친구들의 움직임도 보이지 않습니다. 훗날, 무용담을 빌미 삼아 뛰쳐나갔다간 딱 얼어 죽기 알맞습니다. 그러니 무당개구리가 고개를 내밀다가도 자라목처럼 기어 들어 갑니다.

겨울나무도 폭설에서 벗어나지 못합니다. 눌러앉은 눈 뭉치 때문에 오십견에 목덜미가 뻑적지근하여 견딜 수가 없습니다. 찢어진 어깨야 스스로 치유한다 해도 옷자락에 묻은 눈을 털어 내리면 아무래도 무당개구리가 뛰쳐나와야겠습니다. 기다리다 몸살기가 번지면 싱싱 파스라도 붙여야겠지요. 동네 약국까지 길게 손을 뻗는다 해도 동상이 가만있질 않을 태세입니다. 뭐가 그리 바쁜지 삐쩍 마른 버들강아지만 쭈뼛거립니다.

동장군은 처마 끝에도 달려 있습니다. 하늘을 우러러 사는 게 만물의 습성이지만 고드름은 땅과 눈을 맞춰야 하니, 그 생장점이 기이하여 신경이 여간 날카로운 게 아닙니다. 성장 속도도 빠르지만, 눈물도 많아서 매우 감성적입니다. 어린 시절에는 장난감 칼로 휘두르기도 하고 텁텁한 목을 축이는 생수 노릇도 했으니 흉기 걱정만 없다면 겨울 풍경의 진수라고 해도 좋겠습니다.

도심 어두운 골목길, 아무렇게나 덧댄 천장에 폭설이 내려앉았습니다. 문틈으로 새어 나오는 기침 소리가 골목 안길에 퍼져 나갑니다. 푸어 바이러스(Poor Virus)란 본디 가난에서 오는 것인지 쿨럭거리기만 해도 신열이 납니다. 관절 이상에 손 저림이 상승 작용을 일으켜 구공탄 가는 일도 어렵습니다. 문풍지에 이는 바람은 아직도 냉혈이고 모질기에 손바닥을 비벼 난로를 만들어야 합니다. 이따금 찬 골방을 데우기 위해 어그러진 털모자를 고쳐 쓰기도 합니다.

꽃눈도 아직 겨울잠에 취해 있습니다. 추위가 잠시도 버겁다며 땅을 벅벅 긁어 댑니다. 거적 한 장으로 덮기엔 아직 냉기 탱천입니다. 곁불마저 쬘 수 없어 차디찬 체온으로 서로의 볼을 비벼 댑니다. 부스럭거리는 소리가 봄바람인가 싶게 냉큼 숨어 버리는 무당개구리의 기다림이 길어집니다. 길 가던 사람이 '꽃눈 나왔네, 벌써!'라고 말하지만, 허리 기울기는 급해지고 오금은 더욱 저리니 올봄은 더디 오나 봅니다.

밥 한 공기에 폐지 수레를 끄는 거리의 노인이 시야에 들어옵니다. 재활용품 수거함을 정리하는 일이 그의 몫은 아니라도 자식에게 짐이 되어선 안 된다는 생각에 이른 새벽을 나섰습니다. 폐지 수거도 무한 경쟁이니 시간의 다툼에서 이겨야 합니다. 그러므로 한기를 느낄 새도 없이 새벽 공기를 가르는 게 노인의 고된 일과입니다. 굽은 허리를 급하게 펼 때만 한 모금의 휴식이 주어질 뿐, 쿨럭쿨럭, 기침 소리가 골목에 가득합니다. 2월이 바삐 지나가야 할 이유입니다.

그러니 일수가 모자랄 수밖에요.

산골 소묘

묵은지에 동치미 같은 오묘한 색깔,
산촌의 밤 오롯, 누군가 곁에 있어야

첫눈이 푹신하게 쌓였다. 마치 너른 요를 깔아 놓은 듯 들판에는 겨울 잠에 들어간 들풀들이 함박눈을 담요처럼 뒤집어썼다. 늦가을 풍경도 동면에 들어가 하얀 적막감만 질펀해서 할 일을 제쳐 두고 눈 내리는 들판을 하염없이 바라보았다. 때맞춰 자기 잘못이 모두 감춰진다고 믿는 도둑고양이만 눈발 속에 나뒹굴었다. 그놈, 동네 골목을 유유히 순시하다가 캣맘 덕분에 뜯다 버린 생선을 섭생했는지 어깻죽지도 토실토실했다.

길가 벚나무는 더 매서운 추위도 감당해 낼 것이라며 자신만만한 자세다. 하여, 눈보라 속 도둑고양이의 행방을 감시카메라처럼 날카롭게 째려보고 있었다. 겨드랑이가 간지러웠는지 팔뚝을 두른 눈가루를 후드득 털어 냈다. 멍멍이는 언제 족쇄를 물어뜯고 탈출했는지 몰라도 하늘이 낮다며 날뛰는 모습이 천방지축에 기고만장이다. 방앗간 벨트가 끊어지길 고대하던 참새들도 빈 논에서 공중 곡예를 거듭하더니 심상찮은 비행 궤적을 남기고 사라졌다.

차를 멈추고 길가 산감나무에 시선을 맞췄다. 마치 산감나무의 유전자를 환히 꿰뚫고 있는 사람처럼 저 흉내 낼 수 없는 붉은색의 조화를 어디에 대비해야 하나 싶어 오랫동안 서성댔다. 눈길 줄 일 없어 주인조차 모르게 저절로 크던 산감나무였으니 평생 자신을 까치밥 신세로 생각했던 게 잘못이었을 게다. 우두커니 살신성인의 예법을 몸소 가르쳐 주는 모양새여서 마냥 하늘만 쳐다보았다.

어스름을 거느린 마을 곁으로 무념의 볏단들이 녹슨 자전거처럼 기대 있었다. 이미 알곡을 털어 낸 쭉정이들이어서 높새바람에 너무 헤프게 굴러다녔다. 콤바인에 동강 난 아픔이 얼마인데 서로 붙들 기력조차 소진해 버린 지푸라기의 운명 또한 가볍지 않았다. 곧 한 끼의 여물로 변신할 볏단이거나 마을 노인들의 구들장을 덥힐 한 끼니의 밥상이 된다는 건 더없이 좋은 일이었다. 하찮게 여겨 밟아 버린다 해도 지푸라기는 노후의 삶을 건강히 지탱하는 버팀목으로 손색이 없었다.

동구를 지키는 팽나무의 변신 또한 겨울 초입의 삽상한 풍경이었다. 노랗거나 불그스레한 이파리들을 떨어내야 비로소 봄을 맞이한다는 이치를 오래전에 깨달았다. 그래서 그런지 철이 덜 든 어린 팽나무는 바람에 몸을 뉘어 제 이파리를 싹싹 긁어냈다. 쌓일수록 포근해지는 낙엽 더미는 빛바랜 나무 의자의 꽃방석이자 나그네의 호기심을 자극하는 묘한 매력이 있었다. 다만, 나무 의자에 앉아 보지 않고 그냥 지나치면 가을에 대한 인사치레가 아니었다.

빨랫줄에 걸린 그믐달이 적막에 흠뻑 젖어 있었다. 먼발치에 굴뚝 연기가 모락모락 피어올라 밥물 넘치는 소리가 구수하였다. 폭주하는 기관차 같은 압력솥에서 읽을 수 없는 이것이 산골의 맛이다. 묵은지에 동치미 같은 오묘한 색깔을 담아내지 못하지만, 산촌의 밤은 오롯하여 곁에 누군가 있지 않고선 겨울밤을 데우기 어려웠다. 더 어둡고 추워지기 전에 그 집으로 뚜벅뚜벅 들어가 볼 일이었다. 함께 체온을 나눠 가져야 방바닥이 한결 따뜻해질 게 아닌가?

보육 대란이나 내분을 자초한 어느 교직단체의 방만한 경영 형태도 그렇고, 물대포에 캡사이신 최루액이 아프고 맵다. 어떤 이들은 아직도 권위주의 잔재에 휘둘려 한 평 공간에서 숨 막히게 머리를 쥐어짜고 있다. 짜증 나는 일상에 대한 탈출구는 진정 없는 것인지 과욕과 독선에 묻혀버린 도시들이 컴컴했다. 배려와 상생은 아직도 먼 나라 동화처럼 들려 안타깝기도 하고, 사람이기에 할 수 있는 일도 사람이어서 되지 않는 세상에 살고 있다. 산골 모퉁이, 까치밥을 짓고 있는 산감나무를 내려다보며 뜨끈한 구들장에 등판이라도 지지고 싶은 날이다.

산골, 늘 숨 쉬는 풍경이어서 좋다.

미니멀리스트

단사리, 생활 방식 슬림화 추구
의미 있게 삶의 행복 찾아가야

곡성(谷城) 오산을 지나다 보니 '단사리'라는 마을 표지석이 눈에 들어왔다. 전형적인 시골 그대로 소박하여 기품 있어 보이는 마을, 작을수록 속살도 탱글탱글할 것 같아 차에서 내려 잠깐 둘러봤다. 마을회관을 배경으로 삼백 년 느티나무가 매미를 부르고 어르신들은 더위를 쫓느라 부채질에 여념이 없었다.

단사리(斷捨離), 일본 베스트셀러 작가 야마시다 히데코가 저술한 『버림의 행복론』에 나오는 이야기다. 상담사이자 컨설턴트로 알려진 저자는 출판과 동시에 일본 열도에 단사리 열풍을 몰고 온 장본인이다. 단사리는 '끊을 단(斷), 버릴 사(捨), 떼 놓을 이(離)'를 조합한 신조어로, 버림의 미학을 담은 책이다.

물건에 대한 지나친 집착을 보이는 병적 행동을 '디오게네스 증후군'이라고 한다. 얼마 전, 버리지 않은 쓰레기가 집 안에 쌓여도 치우기는커녕 내버려 두는 사람이 늘어나고 있다는 보도에 적잖이 놀랐다. 일종의 저장강박증인 이 증후군은 정작 당사자는 태연하다니 보통 사람의 의식으로는 이해가 안 된다.

　인생의 궁극적 가치 기준은 제각각이지만 최고 가치의 하나로 소유욕을 꼽는다. 기본적으로 구비해야 할 욕구들을 충족 못 해 느끼는 절대적 빈곤감이나 물욕에 대한 지나친 집착은 행복의 걸림돌이라는 사실도 안다. 애지중지 기르던 난을 친구에게 준 뒤로, 비로소 무소유의 가치와 행복을 찾았다는 법정 스님의 일화는 새겨들을 만하다.

　삶의 체질 개선을 위해 생활 방식을 슬림화하자는 운동이 단사리다. 필요한 것 이외에는 과감히 버림으로써 단순하고 의미 있는 삶을 즐기자는 충고요, 권유다. 소유 물건의 20% 정도만 있어도 생활에 불편이 없다 했으므로 나머지는 과감히 덜어 냈으면 좋겠다. 작지만 미니멀라이프를 실천한 본보기로 어떤 이는 자기 명패조차 짐이 된다며 사무실에 아예 비치하지 않았던 사례도 있다.

　특히 베이비붐 세대로 한국 산업화의 견인차 노릇을 했던 주역들이 퇴직했거나 준비하는 시기다. 이때와 맞물려 '단사리' 열풍이 나타나고 있다는 점에 주목해야 한다. 그러니까 과거나 미래가 아닌 현재에 가치를 두고 살자는 인식의 대전환으로 읽는 게 바람직하겠다.

　인간의 소유욕은 무한하다. 모든 죄악의 근원이자 모태가 욕심이라는 걸 알면서 정작 버리질 못한다. 평온한 마음을 위해 물욕에 대한 미련을 조금씩 덜어 내야 한다. 물건에 대한 집착에서 벗어나야 자유롭고 진정한 삶을 누릴 수 있으며 건강하고 행복하게 살 수 있다.

　미니멀라이프를 행하는 미니멀리스트가 되어 보자. 물건의 종속에서 벗어나 여유와 비움의 즐거움을 만끽해 보자. 단순해서 의미 있는 삶, 적을수록 행복지수가 높아진다. 곡성 오산 단사리에는 틀림없이 단출한 방식으로 행복을 만들어 가는 분들이 살고 있으리라 믿는다.

미니멀리스트, 조금씩 덜어 내야 편하다.

변산바람꽃

가시덩굴 서릿발을 뚫고 내민 하얀 꽃
독성 식물, 꽃 보면 그럴 것 같지 않아

향일암 가는 길, 종아리에 힘을 실어 냅다 거북 등 금오산을 단숨에 오른다. 남해가 대평원처럼 펼쳐져 있는 저 끄트머리, 수평선에 걸터앉은 고깃배가 영락없이 실밥 한 올이다. 찬바람에 바다가 설원인데 어부는 두툼한 방한복을 몇 겹이나 껴입었는지 부서지는 파도와 맞서느라 뱃머리가 허옇다. 갯바람도 바다의 동반자려니 생각하며 잠시 눈을 감은 사이 느닷없이 솔바람이 뺨을 후려친다. 한눈팔지 말라며 비린내 사발을 정수리에 쏟아붓고 저만치 달아나고, 어디서 날아들었는지 물수리 한 쌍도 머리 위를 빙빙 돌다 산봉우리를 넘어간다.

언 몸이 화들짝 깨어난다. 갯바람과 금오산 골바람이 의기투합하여 토네이도를 만들어 낼 때니까 꽃 피는 삼월이다. 산비탈 돌무덤에서 함초롬히 고개를 이미 내밀기 시작한 이른 봄꽃, 패총의 흔적처럼 수줍게 엎드려 있다. 널 동백꽃이라 부르면 수다로 들리겠지만 한눈에 집어넣는 물수리의 매서운 눈을 피해 땅바닥에 납작 붙은 자세다. 돋보기로 들여다봐야 할 만큼 작고 귀여운 외모지만, 저벅저벅 소걸음 같은 느릿한 품새는 아니다.

약속을 지키려 변산바람꽃이 어김없이 청초한 얼굴을 드러냈다. 변산 반도 지역에서 어느 생물학자에 의해 처음 발견되었다는 변산바람꽃은 복수초만큼이나 일찍 개화하는 2월의 들꽃이다. 순백색의 꽃받침이 꽃잎처럼 보이는 게 특징인데, 가시덩굴 속 서릿발을 뚫고 하얀 얼굴을 내미니 보통 독한 식물이 아니다. 유독성 식물에 극지 식물이라니 꽃을 보면 도저히 그럴 것 같지 않아 보인다.

보고 느끼는 이의 즐거움이 배가되는 또 하나의 이유는 가까운 곳에 복수초가 자생하고 있다는 사실이다. 야생화를 지키는 지역 애호가 덕분인지 귀한 봄꽃들이 찬 기운에도 앳된 모습을 쏙쏙 내밀고 있다. 노루의 뽀송뽀송한 귀 털을 닮아 이름 붙여졌다는 노루귀나 노랑 팔찌를 매단 갈마가지꽃도 꽃망울을 터뜨리고 있으니, 얼마 안 가 곧 히어리의 귀태를 감상할 수 있으리라. 노루귀도 희거나 분홍빛에 작아도 너무 작아 귀를 땅에 바짝 붙이지 않고선 제대로 보기 어렵다. 그러고 보니 우리 땅에서 자라는 야생화들은 작은 신장 때문에 안달이 날 지경이다.

땅이 갈라지는 소리로 쿵쾅거린다. 누구든 좋아하면 그뿐이다. 발육 상태가 어떻고 꽃말이 무엇이며, 생육 환경 등을 논하는 것은 나중의 일이다. 일 년 전의 약속을 지키기 위해 다시 찾아간 그곳에서 앙증맞게 피어 있는 변산바람꽃과 재회하는 기쁨을 이렇게 표현한다.

덧없는 사랑, 황홀한 감탄사만 연발이다.

풀꽃을 소재로 한 시 한 편 읽어보자.

까치발로 딛고 서도 제 키만큼 또 모자란 억새밭에
풀꽃 닮은 아이 있다
찬바람이 햇살에 섞이기도 전에
휘젓고 다니는 모습이 물찬 억새 바람결인데
아무나 가지 않는 언덕배기에서
이슬 담은 눈빛으로 저렇게 고운 인사를 한다
명아주나 강아지풀을 꺾는 일일 텐데
어머니는 저 올찬 풀꽃 이름을 얼마나 알고 있을까
풀 비린내를 용케도 삭여 가며
푸르스름한 아침을 조금씩 걸러 내는 아이
우리 새끼, 네가 풀꽃을 닮았구나라고
말할 사람 몇이나 될까

- 「네가 풀꽃을 닮았구나」 전문

어부바

어부바, 칭찬과 사랑의 다른 표현

학교, 덩실덩실 춤출 일 많아졌으면

조간신문에 패거리 정치인끼리 업고 업히는 모습이 문짝만 하게 실려 있습니다. 국회의원 당선을 제들끼리 축하하는 퍼포먼스입니다. 어부바는 어린아이가 등에 업히는 일을 가리키는 말인데, 귀엽거나 예쁠 때, 또는 자랑스러운 일을 했을 때, 칭찬이나 즐거움을 함께 나누는 행위의 언어입니다. 그런데 어린아이도 아닌 어른이 등에 업혀 환한 표정을 짓고 있으니 일생일대 최고의 기쁨을 만끽하는 모습입니다. 물론 자기들끼리 험지라고 일컫는 지역에서 당선한 인물이 되었으니 이보다 더 유쾌한 일이 없겠지요.

얼마 전만 해도 어부바는 학교에서도 아이들을 칭찬하거나 격려하는 수단으로 자주 쓰였습니다. 아이들은 선생님의 등에 매미처럼 오르는 일이 소원이었고, 선생님도 칭찬과 보상으로 아이를 보듬거나, 등을 토닥여 주거나, 업어 주는 일이 흔히 있었습니다. 선생님의 따뜻한 마음을 읽는 좋은 기회였고 소통의 수단이기도 했습니다. 지금도 가끔 칭찬과 격려 차원에서 프리허그 하는 모습은 볼 수 있으나 진정한 어부바의 모습은 거의 사라졌습니다. 사제 간의 모습일망정 잘못하면 추행으로 오인하거나 뜻하지 않는 오해를 불러일으킬 수 있는 빌미가 될 테니까요. 그러니 아무리 좋은 칭찬일지라도 될 수 있으면 신체 접촉 행위는 금기시한 것입니다.

알고 보면 프리허그도 어부바의 또 다른 표현입니다. 울거나 짜증을 부리던 어린아이도 엄마의 등에 업히면 곧바로 울음을 그치거나 싱글벙글하기 일쑤였지요. 그만큼 엄마의 등은 편안했고 따뜻했으며 불안과 통증을 치료하는 처방전이었습니다. 아마 마음으로 전하는 엄마의 좋은 기운이 신체 접촉을 통해 상승효과를 일으킨 게 아닌가 싶습니다. 마치 악수를 반가움의 표현으로 받아들이는 것처럼 말이에요. 그런데 이성 간의 악수도 상황에 따라 추행으로 오해될 수 있다고 하니 정말 조심스러운 세상입니다.

학교 현장에서 선생님들이 가장 애를 먹는 일이 생활 지도입니다. 이미 체벌은 금지되었고, 교육적 훈화도 허투루 하다간 뭇매를 맞는 일이 있습니다. 물론 당사자 간의 복잡한 심리적 역학 관계를 꿰뚫어 볼 순 없으나 학생 간의 다툼이 학부모까지 번져 걷잡을 수 없는 상황으로 가는 경우도 종종 있습니다. 어느 쪽도 손해나 양보는 자기가 지는 일이라고 생각하기에 좀처럼 타협과 절충점도 찾기가 어려운 게 현실입니다. 우리 사회가 매우 배타적이고 이기적이며, 자기중심적 사고의 늪에 깊게 빠진 결과가 아닌가 싶습니다.

20대 총선이 절묘하게 여소야대 정국을 만들어 놓고 대단원의 막을 내렸습니다. 싫든 좋든 삼백 명이 금배지를 달게 될 것이고, 선량으로 당선되었으니 유권자 앞에서 무릎을 꿇을 일도 없어졌습니다. 뻔뻔하고 가

증스럽다며 핏대를 올리던 친구도 한참은 침 튀길 일 없어 조용하겠습니다. 온통 정치 뉴스로 도배질한 종편도 그렇고, 제 자랑만 실컷 담은 선거 홍보 문자 지울 수고도 없어졌습니다. 여론 조사를 핑계 삼아 철없이 짖어 대던 벨 소리도 소거됐으니 이번 주말에는 낙안읍성 배꽃이나 보러 가야겠습니다.

초여름 문턱입니다. 능수 벗꽃 비가 길가 진창입니다. 이제는 본인이 나설 때라며 자목련이 마을 저녁을 휘영청 밝힙니다. 곧이어 담양 고창 간 고속국도변에 흰쌀밥을 지어 나르는 이팝나무가 물감처럼 번져 오겠지요. 며칠 전, 담양 한재초등학교 느티나무*를 만났습니다. 육백 년의 시간에도 하늘을 너끈히 받치고 있는 모습이 장관이었습니다. 운동장 느티나무가 맑고 밝게 자라는 아이들을 업고 덩실덩실 어부바를 하고 있었습니다.

어부바, 이젠 당신 차례입니다.

---

* **담양 한재초등학교 느티나무** : 천연기념물 284호

피데기* 여자, 울릉도

> 갯바람, 곡예길, 해변 산책로에서
> 책장을 넘기던 여인의 속셈 궁금해

 물오징어를 파는 포장마차 포렴(布簾)을 접기 전까진 어떤 수단을 동원하더라도 손님을 끌어모아야 한다. 좌판 행상도 마찬가지이기에 적지만 마지막 떨이의 순간까지 자기만의 상술 전략으로 매상을 최대한 올리는 게 지상 목표다. 그러기에 보따리를 풀었다가 금방 쌀망정, 시작했으면 끝을 봐야 하는 게 외로운 섬 하나 새들의 고향, 울릉도 사람들의 생존 방식이다. 그런데 사 가는 사람이 없다는 이유로 해안가 암벽 통로에서 책으로 살랑살랑 그늘이나 넘기며, 햇빛을 등지고 앉아 있는 그녀의 안쪽이 궁금하다.

 울릉도 피데기를 파는 젊은 여인네 이야기를 해야겠다. 해안 산책로에서 만난 그녀는 손바닥만 한 책보자기를 넓게 펴 너덧 마리 피데기를 던져 놓고, 사거나 말거나, 마르거나 말거나, 수평선이나 바라보고 있으면 세상사가 해결되는 모양새다. 흥정하는 이도 없고, 낚시찌에 눈 맞추는 일도 없어, 장사는 이미 포기한 거나 진배없으니 속세와의 인연을 냉혹

---

* **피데기** : 덜 건조된 오징어를 부르는 경상도 사투리

하게 잘라 버린, 저 먼 섬을 떠다니는 나그네 정도라고 해야 맞겠다. 피데기가 있으면 캔맥주라도 곁에 있어야 손님이 제 발로 찾아올 게 뻔하나 그런 수완도 없으니 이건 장사꾼이 고객을 무시하는 처사가 분명하다. 아니, 그녀는 장사꾼이길 포기한 것이다.

절박함이 없다. 그냥 바다 냄새가 좋아서일까, 반찬값이라도 벌어 볼 요량인가, 아니면 휴가를 핑계 삼아 잠시 거실 책장을 이곳으로 옮겨 놓은 것일까? 병풍처럼 둘러친 암벽을 배경으로 여인은 독서삼매경에 풍덩 빠져 있다. 이미 피부가 벌겋게 익은 피데기는 코발트빛 바다로 뛰어들 기세였지만 아랑곳하지 않는다. 후미진 계단을 돌아 나오다가 한참 동안 뒷모습을 훔쳐본다. 책 제목이 궁금한 게 아니라 벌이를 포기한 채, 석불처럼 앉아 있는 그녀의 속내를 들여다볼 수 없어 답답한 것이다.

고전에서 만나는 선비들의 여름나기 비법을 읽는 것 같다. 아마, 그 여인은 여름휴가의 목표를 쉴 새 없이 책장 넘기기에 뒀는지 모르겠다. 그렇지 않고서야 맑고 찬란한 풍광이 물빛에 반사되는 외딴섬에서 바다를 접어 두고 독서에 빠져 있으니 말이다. 아니면 촛대바위 집어등으로 오징어 잡는 비법을 찾거나 책갈피에서 바다 시 한 편과 조우하고 있는지 모르겠다. 부지런히 산자락을 붙잡고 나리분지를 오르내리는 부지런한 버스 바퀴에 비하면 그야말로 태평성대다. 태평양의 고독한 한 뼘 육지에서 피데기가 아닌 책 읽는 여인을 만난 것은 내겐 흥미진진한 풍경이었다.

책에 홀려 장사를 포기한 지 오래다. 피데기가 낮잠에 빠진 사이 바람 따라 책장을 넘기고 있다. 대구, 명태, 거북이도 덩달아 자취를 감춘 동해에서 그 여인이 할 수 있는 일은 오직 책장 다스리는 일뿐이다. 그렇지 않고서야 감히 벌이를 위한 좌판을 함부로 팽개쳤겠는가 말이다. 그러니 오가는 사람들을 위한 말치레도 볼륨을 끈 지 오래이리라. 시간이 멈춘 물결 너머, 독도 행 뱃고동에 가랑이가 찢어지도록 줄행랑하는 괭이갈매 기가 우습기도 하다.

   휴가는 휴가일 뿐이다. 재충전의 시간이라며 떠들썩하다가도 곧 잠잠 해지는 게 휴가의 속성이다. 차가 밀리고, 사람에게 치이고, 소음에 찌 들고, 바가지에, 어쩌다 그럴듯한 쉼터라도 찾았다 싶으면 자리싸움에 한숨이다. 아마도, 휴가 와중에 많은 사람이 '휴~, 집에 가서 얼른 쉬었 으면 좋겠다!'라는 말이 자기도 모르게 튀어나왔을 성싶다.
   도동항 해국들이 갯바람에 곡예를 하던 해변 산책로, 피데기는 접어 두 고 한가로이 책장을 넘기던 그 여인의 진짜 속셈이 무엇이었을까 지금도 궁금하다.

   딩동댕, 지난여름.

임을 위한 행진곡

| 민주화라는 근사한 레드카펫,
| 무임승차, 미안, 또 미안할 뿐

오월, 불귀의 객이 되어 떠돌다 어김없이 흰 꽃 한 아름, 광주의 오월이 찾아왔습니다. 누가 뭐라 해도, 그해 금남로는 뜨거웠고 광주는 민주화의 물결로 장관이었습니다. 무자비한 군화에 짓이겨져도 들꽃처럼 함께 일어섰으며, 곤봉에 뒤통수를 맞고 쓰러져도 오뚝이같이 다시 일어섰습니다. 그런 광주 시민들 때문에 오늘날 민주화라는 근사한 레드카펫이 깔렸습니다. 알고 보면, 나는 무임승차를 한 것이나 진배없어 미안하고 또 미안할 뿐입니다.

며칠 전, 담양 고창 간 고속국도를 한참 더디 달렸습니다. 길가에는 이팝나무가 즐비하게 꽃망울을 터뜨리고 있었습니다. 오월의 영령들을 추모하듯 고개를 숙인 모습에 아까시나무도 덩달아 꽃가지를 늘어뜨리고 있었습니다. 보릿고개를 넘어가던 시절, 쌀밥나무라고 불리던 이팝나무가 쑥버무리처럼 흰 밥을 뒤집어쓰고 살랑대는 모습을 보니 아침을 걸렀어도 배가 불러 오는 느낌이었습니다. 허기는 시선만으로도 즐거운 포만이 될 수 있다는 걸 깨달으며 오월의 꽃들은 죄다 여기서 피어났으면 좋겠다는 욕심을 부렸습니다.

군사 정권에서나 있을 법한 금지곡 망령이 아직도 남아 있습니다. 때론 가사의 불건전성을 이유로, 시국 정서에 맞지 않는다는 논리로, 퇴폐적이어서 미풍양속을 해친다는 등 이런저런 핑계로 입과 귀를 틀어막았던 때를 기억합니다. 대중음악은 시대를 읽는 한 편의 글과 같기에 노랫말처럼 세월이 흘러가도 산천은 안다고 했습니다. 재야운동가 백기완 선생의 장편 시에서 가사를 빌려 왔다는 소설가 황석영 선생도, 곡을 붙였던 가수 김종률 선생도 다시금 명예 회복의 날만을 손꼽아 기다리고 있겠지요. 다만 지금은 쇠창살을 부둥켜안고 오르는 핏빛 덩굴장미가 그 고통을 대신하고 있습니다.

바라건대, 올해는 5·18민주화운동 기념식장에서 〈임을 위한 행진곡〉이 널리 울려 퍼지길 기대합니다. 5·18민주화운동 희생자를 추모하는 음악인데도 아직 기념식장에서 연주하지 못하고 있는 현실입니다. 당사자끼리 머리를 맞대고 치열하게 논쟁을 해서라도 꼭 불렀으면 좋겠습니다. 민중 음악이라는 장르 탓은 아닐 테고 특정 정치 세력의 이념 투쟁 때문인 게 분명하나 이제는 국민 정서 차원에서도 자유롭게 부를 때가 되었습니다. 국민 통합이라는 취지에 어긋나기에 부를 수 없다는 관계자의 변명은 궁색하기만 합니다. 국민 여론에 가슴을 활짝 열어야 할 일이지만 눈과 귀를 막고 있으니 부르지도 듣지도 못해 안타깝습니다.

다시 찔레꽃 피는 오월입니다. 집마다 너른 마당에 내놓은 꽃들로 눈이 호사롭습니다. 찌든 일상생활에서 벗어나고픈 주인의 간절한 소망과 갈증을 담은 것이어서 그렇습니다. 비록 삶이 피폐하고 갈 길이 멀지라도 희망만은 버리지 말자는 자기와의 굳은 약속이거나 길 가는 행인들의 눈요기를 돕는 주인의 배려이기도 하겠지요. 어쨌거나 꽃 터널에서 커피

한 잔의 즐거움을 음미하는 오월이어서 좋습니다.

드디어 올해부터 〈임을 위한 행진곡〉이 기념식장에서 울려 퍼졌습니다.

어둠이 번져 오는 사월 초파일 전야
김치찌개에 밥알 몇 개 건져 먹고 돌아오는 길
하루쯤 모든 것 사슬처럼 끊어 버리고
결가부좌로 숨이 저리도록 앉아
별빛 쏟아 내듯 하염없이 눈물 흘리고 싶습니다
담배 연기로 두통도 녹여 내고
일상의 휴지 같은 삶의 찌꺼기도 닦아 내고
초여름 빗줄기 소리 노래 삼아
타들어 가는 얼굴 얼룩도 깨끗이 걷어 내어
초파일 저녁 연등 하나 낮게 걸고 싶습니다
그래서 오다가다 무심코 만난 누구와
피 흘리며 살아온 시간과 살아가야 할 시간에 대한
서러운 질문과 대답을 주고받으며
끝내 피워 올려야 할 오월을 얘기하고 싶습니다
문득 떠오르는 잊혀진 얼굴들
무너진 모퉁이를 숨 가쁘게 돌아가 보니
날카로운 담벼락에 이빨을 드러낸 채
쇠창살을 오르는 넝쿨장미가
아름다운 오월입니다

– 「오월의 노래」 전문

강남역 10번 출구

사건, 언제 일어난 일이냐는 식
망각의 사회적 행태가 더 무서워

"미안합니다. 이런 지옥 같은 세상에서 다시 한번 남자라서 살아남았습니다."

'묻지 마, 살인'에 희생된 안타까운 젊은이의 죽음을 위로하기 위해 지하철 강남역 10번 출구 벽면에 게시했던 여러 포스트잇 글 중의 하나입니다. 어느 트위터는 '여전히 우리 사는 세상이 미쳐 있고 답을 알 수 없다'라고 분통을 터뜨립니다. 어떤 대학생은 도대체 한국 사회는 예측 불가능한 집단이라며 지옥 같은 한국을 두고 '헬조선'을 외칩니다.

눈만 뜨면 크고 작은 사건 · 사고가 줄을 잇지만, 근본적인 원인 규명은커녕 감추기에 급급한 모양새여서 안타까울 따름이지요. 관련 기관은 매번 헛발질에 한술 더 떠 비리의 방패막이가 된 지 오래고, 국민만을 보고 가겠다며 감언이설을 늘어놓던 사람들은 낙선 탓인지 요샌 잠수 중입니다.

피의자의 살인 동기가 질환이냐, 혐오냐를 놓고 옥신각신하더니 결국 정신질환을 범행 원인으로 결론지었습니다. 원인이야 어떻든 이런 사건이 다신 재발하지 않도록 하는 방지책을 함께 마련하는 게 온당한 이치인데도 흐지부지 금방 또 잊히게 생겼으니 걱정이지요. 사건이 터졌다 하면 온통 난리를 치다가 언제 일어났던 일이냐는 식의 망각의 사회적 행태가 더 무섭습니다. 성수대교가 그랬고, 대구 지하철 화재가 그랬으며, 삼풍백화점의 아비규환이 그랬습니다.

냄비 근성 때문일까요? 빨리빨리 문화가 한국의 양적 성장을 가져온 원인이라고 냉정하게 평가한 어느 사회학자가 있었습니다. 그러나 빨리빨리 사고방식과 행동으로 인해 걷잡을 수 없는 소용돌이가 일어났는데도 이렇게 쉽게 우리의 뇌리에서 멀어지는 이유를 어떻게 설명해야 할지 난감합니다. 그러니 이 땅의 국민이 감내해야 할 몫은 각종 사건·사고나 위험·재해로부터 살아남기 위한 생존 전략을 스스로 알아서 찾아야하는 형편이지요.

강추위에도
말이
걸진 사람
그 말의 송곳에
찔려 본 사람은
안다

고드름은
처마 끝

땅을 향할수록

부드럽다는

것을

- 「고드름」 전문

2013 전국민공모작에 응모했던 윗글이 지하철 성수역 스크린도어에 게시되어 있다는 소식을 전해 들었습니다. 「고드름」이라는 제목의 시로 날카로운 말로 서로에게 상처를 주는 일은 삼가자는 내용의 글입니다. 직접 현장은 가지 못했으나 이미지가 블로그상에 떠도는 것으로 보아 일단 확인한 셈입니다. 하여튼 누군가 스크린도어 게시 작업을 했었을 테니 늦게라도 이 지면을 통해 고마운 마음을 전하고 싶습니다.

그런데 얼마 전, 서울 지하철 구의역에서 스크린도어 정비를 하던 젊은이가 못다 먹은 컵라면을 남기고 또 세상을 떠났습니다. '안전의 외주화'라는 아리송한 용어가 등장하면서 특권 계층의 갑질 횡포가 또 드러났지요. 용역업체 직원쯤은 저임금에 노동을 착취해도 된다는 지배의식과 도덕적 해이로 인해 발생한 사건이었으나 당사자들은 책임 회피에만 급급했습니다. 시민들의 분노와 추모의식이 들불처럼 번졌고, 살아남은 자들의 죄라며 포스트잇과 국화 다발로 젊은이의 죽음을 애도했습니다.

책임 소재를 묻는 사람만 있지, 책임을 당당히 지겠다고 나서는 사람이 없으니 우리 사회는 사망 선고를 받은 거나 다름없습니다. 더욱이 안전

불감증을 어떻게 치료하겠다거나 부실한 사회 안전망 구축을 어떻게 고치겠다는 대답은 없습니다. '가만있으라'는 말에 조용히 구조만 기다리다가 수장되어 버린 세월호 학생들, '이러고도 나라냐?'고 원망하는 유가족들의 원성이 귀청을 때립니다.

졸지에 자식을 떠나보낸 부모의 고통과 슬픔은 상상을 초월합니다. 평생 가슴에 묻고 살아야 할 세월을 보상금 몇 푼으로 상쇄하겠다는 정부의 속셈이 야속합니다. 돈이면 다 된다는 해괴한 자본 논리로 다른 사건에 묻혀 조용히 넘어가길 기대하는 눈치는 아니겠지요. 곤경에 처할 때마다 위기 탈출용 출구 전략으로 남용했던 몰염치한 물타기 수법을 시도할까 걱정입니다.

시인 이상국의 작품을 읽었습니다. 이 작품과 이번 사건을 비교해 보면 지하철이라는 배경과 등장인물이 같은 세대라는 공통점이 있지요. 이 땅의 부모님들이 자식에 대한 애틋한 사랑을 어떻게 함축적으로 표현했는지 음미했으면 합니다.

「혜화역 4번 출구」라는 제목의 시입니다.

선암사 해우소 옆 홍매화

감성의 땅에서 피는 꽃, 고개 숙이는 법 알아
세계문화유산 산사, 한국의 산지승원으로 등재

이맘때면 틀림없이 그곳에는 홍매화가 피었겠다. 골바람을 이겨 내고도 모자라 진눈깨비를 훌러덩 뒤집어쓰고도 넉넉하게 버티는 힘은 도대체 어디서 오는 걸까? 본디 성품이 고결하고 용감하여 절개가 넘쳐흐르기에, 그래서 사군자 중에서도 가장 으뜸으로 치는 게 매화가 아닌가. 거기에 붉은빛을 머금고 선암사 경내를 환히 밝히는 등불 노릇까지 겸임하고 있으니 축복받을 일이다.

천년고찰 선암사 해우소 옆에 홍매화가 낭자할 때는 아무리 바빠도 만사 때려치우고 가야 한다. 시름과 추위를 많이 타는 사람일수록 홍매화 양지쪽에 앉아 거친 가지에 박힌 삼월의 하늘을 우러르며 꽃술 한 모금 맛볼 일이다. 예비한 꽃자리가 따로 없으니 당신이 앉는 자리마다 꽃이요, 온기이니. 냉기 때문에 주저한다면 가는 길에 들러 녹차 한 잔 비비면 온 산이 따뜻해지니 걱정일랑 붙들어 매고 훌쩍 떠나 보시라.

시름을 털어 내는 장소로 선암사 해우소만큼 여유로운 곳이 없다. 유명세는 이미 자자하니 선암사 입구 서어나무에 기대어 숲길을 따라 천천히 걸어오시라. 행여 해우소 틈새로 기어드는 햇발은 생의 찬란함을 응시하는 기운이요, 와송 또한 자비로운 생을 엮어 가는 또 다른 해탈일지니 꺼림칙하다고 머뭇거리는 일은 당신의 번뇌가 매우 온당치 않다는 표징이다. 말끔히 버리지도 못하면서 채우기에 급급한 사람은 나 혼자로 끝나야 한다. 그런데도 애써 털어 내지 못하는 사람들이 삼월의 백련사 동백 꽃잎처럼 이리저리 널려 있으니 이 또한 어찌할까?

아직도 바람이 꽃을 시샘한다며 다시 꺼내 든 외투가 걸쩍지근하다. 그동안 혹한에 물든 탓도 있겠지만 삼월의 햇발은 이김없이 옷깃 속으로 파고든다. 무당개구리를 핑계로 나무 혈관을 뚫어 피를 빨아 먹는 족속이 아닌 바에야 홍매화 아래서 잠시나마 온기를 나눠 가져야 한다. 자고 나면 일가족이 생명을 팽개치고, 친족이 친족을 멸하는 피의자 수갑, 청년 실업을 미끼로 포악질을 해대는 가진 자의 횡포 때문인지 올봄이 이렇게 더디게 온다.

살기 위해 몸부림치는 것도 꽃이라고 불렀으면 좋겠다. 밥 한 공기를 위해 폐지를 주워야 하는 노인들, 등록금 마련을 위해 밤새 아르바이트를 하는 학생들, 구조 조정으로 거리에 나앉은 이웃들을 위해 일 년 내내 홍매화를 피워 올려야 한다. 한 부모 가정의 학생도, 다문화 가정 학생도, 친구 간의 사소한 말다툼 때문에 냉담 과정에 있는 학생들도 행복한 삶을 예감하는 꽃, 홍매화는 줄곧 피어야 한다.

감성이 축축한 땅에서 피는 꽃들은 다소곳이 고개를 숙이는 법도 안다. 혹, 선암사에 가거든 해우소 옆 홍매화를 주의 깊게 읽어 보시라.

2018년 6월 30일, 선암사는 다층구조를 갖춘 복합 가람의 모습을 인정받아 우리나라 13번째로 세계문화유산 '산사, 한국의 산지승원'으로 등재

되었다.

살아 있는 것은 다 꽃이라고 부르지요

선암사 해우소 옆 홍매화를 보았지요 찬물에 햇살만 비벼 넣어도 물방
울 머금은 꽃봉오리가 봉긋해지구나 했지요

이미 붙박이장으로 밀쳐 버린 외투도 틀림없이 무슨 생각이 있나 봐요
아무리 닫아도 문틈으로 조갯살처럼 옷깃을 내미는 것을 보면요

살아 숨 쉬는 꽃이고 싶은 게 벌써 경칩을 불러들였네요 길을 가다 누
구라도 마주치면 온기를 함께 나눠 갖고 싶은 것이겠지요

아침에는 외투까지 데리고 나가는 게 아무래도 바람이 꽃을 시샘하나
봐요 아니 벌써 꽃이고 싶어 하나 봐요

살기 위해 발버둥 치는 것도 꽃이라고 불렀으면 좋겠어요

– 「선암사 해우소 옆 홍매화」 전문

빗물인가, 눈물인가

재능 봉사, 나눔과 배려의 사회를 위해
사지 뛰어든 선량한 학생들 바보스러워

재능 기부를 하겠다며 춘천의 한 학교로 봉사 활동을 나간 대학생들이 산사태로 꽃다운 나이에 생을 마감했다고 한다. 허술한 방재 시스템에 관계 당국의 안일한 행정이 낳은 참사였다. 뒤늦게 부랴부랴 호들갑을 떨지만, 제단에 바친 국화 한 송이로 유가족들의 슬픔을 달래기는 어림 없다.

아무리 자연재해라고 하지만 돈만 된다면 산을 까부수고 하천을 파헤치는 염치없는 자들은 어느 나라 국민인지 묻지 않을 수 없다. 통제와 감시의 눈만 피하면 이보다 더한 일이 일어나도 눈 하나 깜짝하지 않을 사람들이기에 그렇다. 그러니 재능 봉사를 통한 나눔과 배려의 따뜻한 사회를 만들겠다고 사지에 뛰어든 선량한 학생들이 바보스럽다.

적어도 재난 예방에 관한 한 총체적인 난국에 보통 불통이 아니다. 산사태 위험 지역에 펜션 허가를 내준 관계자나 재난 위험 사전 경고에도 통보를 받지 못했다는 사람도 책임에서 벗어날 수 없다. 그런 와중에서 물에 떠내려가는 사람을 구하려다 희생당한 어느 의무경찰의 죽음은 아름답다 못해 숭고하다. 사회적 안전 불감증에 따른 재해 예방 소홀로 소중한 생명을 잃은 일이 한두 번이 아니다. 매년 반복되는 재난 대책은 명목만 있을 뿐 아예 실종되었다고 표현하는 편이 맞다.

대형 사고가 터지면 그때야 너도나도 몰려오는 사람들 또한 가관이다. 삽 들고 사진 찍는 건 농촌 일손이 모자랄 때, 일주일이고 한 달이고 해야 할 일이다. 그래도 시원찮을 마당에 수행원들을 벌 떼 같이 몰고 잠시 잠깐 다녀가는 모습이 가관이요, 생색내는 데 맛이 든 사람들로 탓해 봐야 소귀에 경 읽기이다.

잘못한다고 학생들을 나무랄 일도 아니다. 우리 현주소가 그러할진대 부지런히 공부하여 나라를 이끌어 갈 재목이 되라고 가르치는 선생님이 나쁜 선생님이다. 정작 사회 시스템은 제대로 굴러가지 않으면서 학생들에게 미래의 희망과 꿈을 심어 줘야 할 사람은 선생님이라고 한다면 과연 이 시대의 선생님은 어떤 선생님이어야 하는지 모르겠다.

그렇다고 희망을 키우는 일을 포기해선 안 된다. 학교가 바로 살아 있기에 그나마 다행이다. 사회 정의 실현과 나눔을 위한 가르침은 계속되어야 한다. 비록 그 길이 고달프고 외로운 일일지라도, 지금까지 묵묵히 사도의 길을 걸어왔던 것처럼 해야 한다. 학생들의 꿈과 희망을 키우는 발명반 지도를 위해 산골 오지 학교에 갔다가 젊음을 불사른 대학생들에게 경의를 표하며 명복을 빈다.

당신들이 있어 국가가 이나마 건재하다.

귀화, 혹은 흑두루미의 귀환

새 군무, 쉼표, 늦가을 풍경의 파노라마
덤으로 짱뚱어탕, 꼬막정식 맛보면 운치

아무르강 소인이 찍힌 항공우편이 도착했다
우표 네 귀마다 고드름이 박혀 있는 흑갈색 편지에는
온난화 현상도 이곳에선 세계백과사전에서나 읽어 보는 호사라며
한낮에도 발가락을 날개 안쪽 깊이 파묻고 지낸다고 하였다

순천만에서 담근 농게장을 벽돌빵에 치즈 대신 발라 먹고
끼니를 때운다는 이야기며
새끼들 궁기 때문에 시베리아 벌판에서
발품을 팔고 돌아온다는 행간에서는 한숨이 진하게 배어났다
철새라는 비아냥에 눈자위 진물이 마를 날이 없다는 대목에서는
먹빛 하늘을 갈기처럼 찢고 싶었다

허기로 눈밭에 시리도록 발자국을 남기는 일에 지쳐
순천만의 텃새로 귀화를 결심하고 있다는 추신에 이르러서는
철 이른 폭설이 자작나무 숲을 이루고 있었다

갯가 짱뚱어의 눈알이 봉분처럼 튀어나온 이유를 알겠다
망둥이는 왜가리 공습을 막겠다며 전망대까지 올라와 있었고
칠게들은 펄 속에 흑두루미의 식량을 비축하느라
열 발톱이 문드러질 정도였다

흑두루미의 귀환 아닌 귀화를 위해 움집이라도 지어야 한다며
풍속을 가늠하고 있는 갈대의 심지도 깊었다
너울은 먼바다에서 싱싱한 먹잇감을 몰고 오느라
하루에 몇 번씩 지그재그로 물길을 오르내렸다

냉기가 옷깃을 쓸며 가자 사람들이 탐조대로 몰려들었다
깃털 스치듯 달이 구름을 밀어 올리자
쿠르르, 쿠르르, 카아오, 카아오!
꺾인 부리를 비틀며 북쪽 하늘에 까만 점들이 펄럭거렸다
이백스물여덟 마리 대가족의 귀환 아닌 귀화였다

– 「귀화, 혹은 흑두루미의 귀환」 전문

국내 최대 연안 습지인 순천만에 늦가을이 저물어 간다. 억새와 갈대 바람이 어우러져 칠면초로 피어나고 시베리아로 떠났던 흑두루미가 귀환 하여 고추 빛 붉은 노을을 쪼아 댄다. 멀리 흑두루미 철새 군단들이 이착 륙을 거듭하는 동안 기다란 방죽에서는 양미역취가 샛노랗게 옷을 바꿔 입고 있다. 먹이를 쫓던 청둥오리 떼가 회오리처럼 솟구쳐 오르자 날갯

짓에 놀란 들판 물결이 고무줄처럼 팽팽해진다.

순천만은 개펄을 뒤덮은 새 떼들이 작은 쉼표가 되었다가 흩어지며 늦가을 풍경의 파노라마를 연출하는 곳, 물살을 가르는 어선들의 하얀 궤적을 따라 사진작가들이 연신 셔터를 눌러 대며 뒤를 쫓는다. 찰칵 소리에 화들짝 놀란 갈대들이 한쪽으로 쏠리더니 추위가 왔다는 몸짓인지 제몸에 불을 붙이기 시작한다.

순천만이 주목을 받기 시작한 것은 람사르 협약(Ramsar Convention) 즉, 물새 서식지로서 국제적으로 중요한 습지에 관한 협약에 가입하면서부터다. 생태 보전의 가치가 높을 뿐만 아니라 인간과 자연이 함께 공존하기 위한 길을 모색하려는 노력의 결과로 철새들의 군무를 두 눈에 담아 가려는 사람들이 연일 북새통이다.

순천만 풍경은 땅거미가 질 무렵이 볼만하다. 노을이 뻣뻣한 갈대부터 갉아 먹는다. 환상적이다 못해 몽환적이어서 늦가을 풍경에 취해 비틀거릴 것 같다. 바람이 억새 간지럼을 태우는지 깔깔거리다가 멋모르고 따라 웃는 갈대는 포구에 아무렇게나 몸을 부려 놓는다. 저렇게 함부로 던져 놓아도 풍경이 되는 것은 사람들이 보내는 따뜻한 시선 때문일 것이다.

순천만에 문학의 샘터 '순천문학관'이 있다. 이곳 출신 『무진기행』의 작가 김승옥 관과 『오세암』의 작가 고(故) 정채봉 관이 감나무 아래 들어섰다. 갈대로 엮어 만든 지붕에 오월의 감잎 같은 육필 원고와 유품들이 정갈하게 전시되어 있어 읽는 정도가 아니라 담백한 맛에 절로 먹고 싶다. 무릇 어떤 인생은 이런 수작들을 우리를 위해 남기고 가는구나 하니 절로 고개가 숙연해진다.

매년 순천만을 찾아오는 철새들이 수백 종이 넘는다고 한다. 세계적인 희귀 조류인 흑두루미를 비롯하여 노랑부리저어새, 쇠기러기 등과 같은 희귀 철새들이 V자를 그리며 서쪽 하늘을 까맣게 물들인다. 오다가다 덤으로 짱뚱어탕이나 꼬막 정식을 맛보면 운치가 더하겠지.

순천만, 한 편의 가을 엽서다.

척독을 아시나요?

│ 느낌표 있는 여행 풍경 곱게 담아
│ 종이비행기에 훨훨, 실어 보냈으면

"산중에서 하룻밤 묵고 나니 마치 번뇌에서 벗어나 삼매(三昧)의 경지로
들어선 것 같았네. 다만 잠꼬대 같은 소리로 스님들에게 괴이한 꼴을
보였으니 놀림과 꾸지람을 받기에 충분하네. 그대의 편지를 받고 보니
이승에서 다 맺지 못한 인연을 다시 잇는 듯하여 기쁘고 고맙네." (하략)

– 『완당전집(阮堂全集)』, 「여초의(與草衣)」

　　이 글은 조선 말기 실학자이자 동시대의 서화가인 추사 김정희가 다성
(茶聖)으로 불리는 초의선사에게 보낸 편지글 일부분입니다. 어쩌면 범접
이 어려울 것 같은 걸출한 유학자와 세속을 등진 출가자가 만나 우정 어
린 관계를 돈독히 이어 갔으니 이보다 아름다운 소통은 없었을 것입니
다. 시처럼 짧지만 긴 여운이 남는 편지 형식을 빌린 글쓰기가 조선 시대
유행했던 바로 척독(尺牘)이라는 선현들의 글쓰기 방식입니다.
　　평소 마음 터놓고 지내는 친구에게 사소한 일상을 전하고, 자연 그대로
의 생활과 진솔한 마음을 전하는 방법으로 척독만큼 좋은 소통 수단이 없

었습니다. 삶의 애환이 녹아 있고 나름의 지론을 종이 한 장에 담아 보냈기에 그야말로 아름다운 소통을 추구하는 아우라였겠지요. 여기에 그윽한 문학적 향기를 골고루 비벼 놓아 건강한 삶의 철학과 옛 향기가 솔솔 배어납니다. 생각날 때마다 서로 주고받았으니 환한 소통이요, 세상을 읽는 시각이 같았으니 백배 공감이었겠지요.

손편지가 화르르 흔적 없이 사라진 시대에 살고 있습니다. SNS나 문자 등과 같은 스마트 문화의 범람이 가져온 당연한 귀결이자 속도전을 방불케 하는 우리 문화가 낳은 결과이기도 하지요. 디지털 시대의 속도감이나 편의성, 광의적이고 즉물적인 대화를 좇아가는 현대인들에겐 가장 좋은 수단과 방법입니다. 가독성도 뛰어나 쉽게 읽거나 쓸 수 있고, 과분하게 현란한 동영상까지 첨부되어 있으니 난해와 오독을 극복하는 최고의 소통수단이 아닐 수 없습니다.

글쓰기도 읽기도 사라진 삭막한 시대에 살고 있습니다. 대입이나 취업용 자기소개서도 용역회사에 맡기는 촌극이 벌어지고 있습니다. 글쓰기 대행학원이나 업체만 살판나는 세상입니다. 까짓것 조금 투자하면 될 일을 그렇게 어렵게 풀까 하는 자기 과시적 발상이라고 나무랄 일도 못 됩니다. 적게는 학교 현장에서의 국어 교육이 제대로 이루어지지 않고 있다는 방증이기도 하지만, 크게는 글쓰기가 밥그릇 대책이 아니라는 현실 인식이 깔린 반증이기도 합니다.

짧지만 긴 울림을 위해 손편지 써 보는 날을 만들면 좋겠습니다. 척독을 즐겨 했던 선인들의 발자취를 통해 소통과 공감이 함께하는 그림엽서 같은 짧은 글 말입니다. 혹시 느낌표가 있는 여행지에 닿는다면, 그곳 풍경을 액자에 담아 종이비행기에 실어 보냈으면 좋겠습니다. 발효 시간이 긴 느림보 우체통에 넣을수록 받는 이의 감동은 몇 곱절이 되겠지요.

척독, 당신과 무한 교감이 이루어지는 즐거운 비행입니다.

꽃은 먼저 본 자의 몫이 아니다

뒤따르는 사람들 사진 못 찍게 꽃 뭉개 버려
풀 아닌 게 없지만 두고 보니 모두 꽃이더라

디지털카메라 사용 인구의 급속한 증가와 자연 생태에 관한 관심이 커지면서 야생화들이 수난을 겪고 있다. 강원도 동강, 깎아지른 듯한 바위에서만 자란다는 희귀식물이자 멸종 위기 보호종인 동강할미꽃이 대표적이다.

일부 지각없는 사람들에 의해 꽃대 여러 개가 무참히 꺾였다는 이야기를 들었다. 이유인즉, 뒤따라오는 사람이 촬영하지 못하도록 꽃 이파리까지 뭉개 버렸다니 이러고도 야생화 애호가에 사진작가라는 명함을 달고 다니는 건지 묻지 않을 수 없다.

야생화를 좋아하는 사람들의 모임이 전국 각지에서 활동하고 있다. 이들은 무분별하게 남획되고 개발되는 난개발 현장에 자생하고 있는 식물 보호 활동을 전개한다. 또한, 생태 교육 활동으로 학생들이나 일반인들에게 야생화에 대한 정보와 환경 보전의 중요성을 알리는 일을 한다. 아울러 취미 활동 삼아 야생화를 찾아 그리는 생태 화가들의 모임도 활발하다는 소식도 있다. 그러나 아무리 좋은 목적을 가지고 활동한다고 보호해야 할 식물들을 함부로 뽑거나 꺾는 등 상식 밖의 행동을 거리낌 없이 한다니 씁쓸하다.

생태보호종이 아닐지라도 무분별하게 야생화를 꺾거나 채취하는 일은 해선 안 될 일이다. 흙이나 낙엽을 긁어내는 일도 성장을 저해하거나 수분 공급을 차단해서 말라 죽게 하는 원인이다. 그러므로 들꽃이 자리를 옮기는 것은 야생의 속성을 잃게 하는 일이기에 어떤 일이 있어도 그 자리에 있어야 한다. 버려져 있어도 질긴 생명력으로 꽃을 피우기에 존재 가치가 있는 것이다.

꽃은 아름다움의 상징일뿐더러 자주 등장하는 삶의 비유에서인지 글 쓰는 사람뿐만 아니라 모든 이의 공통적인 관심사이다. 어느 시인은 문예 창작 강의에서 좋은 글을 쓰기 위해 꼭 필요한 일, 꽃을 관찰한 느낌을 자신의 삶과 연계 짓는 활동을 하라고 권유한다. 설득력 있는 조언임에 틀림없고, 하찮은 것일지라도 나름대로 각별한 의미가 있으니 그냥 지나치지 말라는 말이다. 찬찬히 뜯어보고 느낌으로써 사고의 깊이나 외연을 확장하는 공부가 중요하다는 뜻이다.

'若將除去無非草(약장제거무비초), 好取看來總是花(호취간래총시화)'라는 말이 있다. 베어 버리자니 풀 아닌 게 없지만 두고 보니 모두 꽃이더라는 뜻으로 별게 아닌 듯 보이지만 보기에 따라 별난 꽃으로 평가받는 세상일이 수두룩하다.

동네 뒷산을 오른 적이 있었다. 정상 부근에 노란 꽃을 활짝 펴 보일 원추리 군락이 보였다. 그런데 새순이 고사리처럼 꺾여 사방에 흩어져 있었다. 나물이라고 뜯다 버린 것인지, 아니면 동강할미꽃처럼 꽃은 먼저 본 자의 몫이라며 고의로 뜯어 버렸는지 알 수 없었다. 이기적이며 무모

한 손에 의해 훼손된 원추리가 자꾸 눈에 밟혔다.

잘려 나간 들꽃들이 바람으로 환치되었는지 마파람이 거칠게 불어왔다. 무지하게 야생화를 자르고 뿌리를 뽑는 사람들의 뒤태를 향해 퍼붓는 원망의 절규 같았다.

꽃, 절대 먼저 본 자의 몫이 아니다.

내 밥상 위의 자산어보

│ 좌광우도·좌도우광, 보는 위치 따라 달라
│ 즉석식품에 매몰돼 가는 아이들 안쓰러워

중추가절이다. 휘영청 보름달 아래 도란도란 오랜만에 가족이 함께하는 자리여서 좋다. 핵가족 단위가 가족과 이웃 간의 단절을 더욱 심화시킨 마당에 이만한 소통과 즐거움을 주는 날도 별로 없으니 누가 뭐래도 바쁘지만 기쁜 표정들이다.

무엇보다 푸짐한 밥상을 만나는 것 또한 큰 즐거움이다. 군소, 거북손, 톳, 성게, 검복이라는 이름을 들어 본 적 있는가? 바닷가나 섬에 고향을 둔 사람들이라면 익숙한 말이겠지만 뭍에서 자란 이들에게는 생소하기 짝이 없어 갈치나 고등어쯤으로 생각하면 큰 낭패를 본다.

흔히 접하는 생선이 갈치나 고등어다. 그러나 이 생선도 거문도 근해에서 잡히면 그 맛이야말로 가히 일품이니 먹어 보지 못했다면 지금이 적기다. 책값, 만 원만 투자하면 된다.

섬에서 태어나 청년 시절 건설 현장 잡역부 등의 삶을 살다 귀향하여 생계형 낚시를 하며 살고 있다는 소설가 한창훈을 만나는 일이다.

이 책을 통해 바다를 처절하게 사랑하는 소설가 한창훈을 알았다. 『인생이 허기질 때 바다로 가라』란 책으로 '내 밥상 위의 자산어보'라는 부제가 붙은 수필집이다. 코흘리개 시절 동년배 첫사랑 소녀를 인어로 치장하는 일부터 자신을 생계형 낚시꾼으로 묘사한 입담이 솔직하고 역설적이어서 재미있게 읽힌다.

제목이 암시하듯 이 책의 주요 테마는 우리가 자주 접하는 생선에 관한 이야기다. 먼 섬에서만 맛볼 수 있는 희귀 조개류와 생선들을 정약전의 『자산어보』 기록을 인용하여 비교해 가면서 맛깔나게 그리고 있다. 그래서인지 책장을 넘길 때마다 묻어 나오는 비린내가 싫지 않아 추석 차례 반찬으로 이만한 게 없을 것 같다. 생선을 좋아하지 않는 사람도 이 책을 읽고 나면 맨 먼저 젓가락이 갈치나 볼락, 고등어로 갈 것이다.

광어와 도다리를 구별할 때 '좌광우도'니 '좌도우광'이니 다툴 필요도 없다. 눈을 바라보는 위치에 따라 달라지기 때문이다. 장어도 뱀장어(민물장어), 갯장어(하모), 먹장어(꼼장어), 붕장어(아나고)로 구분하는 방법도 소개되어 있다. 맛있게 조리해 먹는 비법을 익힐 수 있는 것은 물론이다.

섬에서 태어나 다시 섬으로 돌아가는 사람들의 고독한 삶도 읽을 수 있다. 찾아가는 여행객에게는 바다가 생활의 활력소겠지만 섬사람들은 파도와의 싸움에 생존이 걸려 있다는 것도 알았으면 좋겠다.

밥상에 흔하게 올라오는 생선의 가짓수는 몇 되지 않는다. 가려 먹는 아이들이 많다. 햄버거나 육류에 감염된 탓이겠지만 가정 식탁부터 고쳐볼 일이다. 보름달을 보고 피자만을 생각하는 아이들에게 올 추석에는 생선의 고소한 맛을 느끼게 해 주는 것은 어떨까?

즉석식품에 매몰돼 가는 아이들이 안쓰럽다.

제 3 부

바람난 여자

바람난 여자

홍자색 우산 밑 얼룩 방석에 앉아
무릎 꿇고 들여다보니 자태 요염해

4월은 잔인한 달
죽은 땅에서 라일락꽃을 피우며
추억에 욕망을 뒤섞으며
봄비로 잠든 뿌리를 깨운다

겨울은 오히려
우리를 따뜻하게 감싸 주었다
망각의 눈(雪)이 대지를 덮고
마른 구근으로 가냘픈 생명을 키웠다

슈타른버거 호수 너머
여름은 소나기를 몰고 갑자기 우리를 찾아왔다

우리는 회랑에 머물렀다가
햇볕이 나자 호프가르텐 공원에 가서
커피를 마시며 한 시간 동안 이야기했다 (하략)

- 『황무지』 1부 「죽은 자의 매장」 / T.S.Eliot

1930년대 모더니즘의 창시자 영국 시인 T.S.엘리엇이 지은 「황무지」라는 시의 일부입니다. 혹한을 이겨 내고 사월을 맞이했으나 다가올 힘겨운 삶을 영위해야 하는 생명체의 고뇌를 표현한 시입니다. 현대 문명의 비인간성을 비판하는 내용이지만 이미지가 매우 회화적이어서 눈을 감으면 낯익은 풍경이 선명하게 떠오르는 듯합니다. 이 시가 지금도 많은 사람이 기억하고 있는 이유는 '4월을 잔인한 달'이라고 표현한 이유 때문이겠지요. 이 역설적인 시적 장치가 아름다운 생의 무늬를 조각하는 도구이자 삶의 근원일뿐더러 업보이면서, 나침반이기도 합니다.

얼마 전 잔설이 가시지 않은 남창계곡*에서 날아온 이름 모를 '바람난 여자'의 전화를 받았습니다. 신분은 밝히지 않았으나 덜컥, 만나자는 약속을 하고 나니 심장이 쿵쾅거려 몇 번이고 가슴을 쓸어내렸습니다. 아직 꽃샘바람도 사납지만, 도대체 '바람난 여자'의 실체가 누군지 알 수 없으니 발길이 떨어지지 않았습니다. 섣부른 약속으로 후회막급이었다가 그렇다고 약속을 깨는 실없는 사람이 되지 않으려 집을 나섰습니다. 아직 차가운 햇살이 두 뺨과 두꺼운 옷깃을 핥고 지나갔습니다.

산기슭에 언뜻언뜻 가녀린 봄 햇살이 내려옵니다. 길옆에 줄을 맞추는 졸참나무들과 신갈나무 행렬이 제 발목을 덥히려 낙엽을 긁어모으고 있습니다. 아직은 눈뜰 때가 아니라며 납작 엎드린 양지꽃이 저체온에 부들부들 떨고 있고, 고로쇠나무 옆구리에선 이미 링거액이 땀방울처럼 떨어지고 있습니다. 인적이 끊긴 듯 보였으나 오솔길로 이따금 부지런한

---

* **남창계곡** : 전남 장성 내장산 국립공원에 있는 계곡

등산객이 마른기침을 뱉고 지나갑니다. 그러니 적막강산에 울렁증을 초래한 '바람난 여자'의 흔적을 어디서도 찾을 수 없어 그저 두리번두리번 앞만 보고 걷습니다.

남창계곡 골바람은 차가워도 땅에선 제법 따뜻한 기운이 올라옵니다. 계곡 입구에서부터 산 기지개 소리에 시원한 물살이 섞여 들려오는 것 같습니다. 이미 산 아랫동네에는 살구꽃, 앵두, 산수유 등이 합창하듯 바위를 팔베개 삼아 지절대고 있습니다. 꼭두새벽에 떠난 봄꽃열차는 향기에 묻혀 이름 모를 어느 간이역에서 아예 숙박할 태세입니다. 누가 수제비를 뜯어 하늘에 던져 놓았는지 알 수 없으나 목련 아래서 길게 목을 빼고 있는 사람들이 있다면 더 재미있을 듯합니다. 이대로라면 금방 하동 십 리 쌍계사 벚꽃 터널까지 달려갈 기세입니다.

이리저리 산비탈을 보물 찾듯 뒤적거립니다. 그러다가 풀밭에 풀썩 주저앉습니다. 청아하고 소담스럽게 치마를 반쯤 걷고 자기 보란 듯 빤히 쳐다보는 여인이 앉아 있기 때문입니다. 홍자색 얼굴로 우산을 접거나 활짝 펴고 얼룩 방석에 포근히 앉아 있습니다. 바로 '얼레지**' 꽃입니다. 무릎을 꿇고 들여다보니 요염한 자태 그대로 '바람난 여자' 같습니다. 옛말에 봄바람은 여자를 밖으로 불러낸다더니 얼레지를 두고 한 말이 아닌가 싶어 쳐다보고 또 쳐다봅니다. 그러니까 내게 긴급전화를 했던 바람난 여자는 얼레지라는 봄 야생화입니다.

얼레지는 비교적 높은 산에서 자라는 야생화입니다. '가재무릇'이라고도 부르는 이 꽃은 완전히 개화되면 꽃잎이 뒤로 말리고, 밤에는 꽃잎이

** **얼레지** : '바람난 여자'라는 꽃말을 가졌음.

오므라드는 특징이 있습니다. 다육질의 두 개의 잎에 얼룩덜룩한 무늬가 있어 얼레지라는 이름이 붙여졌습니다. 보라색 꽃잎을 들여다보고 있노라니 남창계곡 새소리처럼 청아하여 치명적인 유혹의 세계로 빠져듭니다. 개화까지 7년여가 걸린다고 하니 매미의 한살이를 닮은 청초한 여인이라 불러도 괜찮겠습니다.

혹시, T.S.엘리엇이 바람난 여자 얼레지를 만났다면 무슨 생각을 했을까 하는 상상에 잠시 빠집니다. 사월이 잔인하다고 말한 이유가 작고 연약한 씨앗이 언 땅을 뚫고 밖으로 나오는 일이 고통이었기 때문인데요. 난산 끝에 만나는 얼레지는 고통의 산물로 부활한 아름다운 상징으로 여기지 않을까 싶습니다. 이 한 편의 글로 T.S.엘리엇은 노벨문학상을 수상했고, 「황무지」는 여전히 전 세계 독자들로부터 아름다운 시로 칭송받고 있습니다.

'바람난 여자'를 만나고 내려오는 길에 폐교장에 들렀습니다. 행여 아이들의 온기를 느끼지나 않을까 하는 기대에서요. 기다렸다는 듯 담장 밑에 오롯이 핀 토종제비꽃들이 먼저 반깁니다. 겨울 황무지, 허리 구부정한 할미 손에 이끌려 나온 듯한 모습이 영락없이 아이들이어서 몇 번이고 쓰다듬습니다. 그러다가 꽃샘추위가 걱정되어 빈 운동장에 흩어져 있던 햇빛까지 긁어모아 덮어 줍니다.

봄의 전령사 얼레지가 궁금하시거들랑 남창계곡 입구로 가보시지요.

학력 위조 권하는 사회

집단 우월감과 출세 지향적 학력관

곪아 터진 것은 어떻게든 치료해야

D대학 모 여교수의 학력 위조 사건이 일파만파다. 학력 위조라는 괴질 아닌 괴질이 어디까지 번져 나갈지 궁금하다. 이 괴질의 진원지는 바르고 공정한 사회를 표방하는 식자층이고, 도미노 현상처럼 줄을 잇고 있다는 점에서 불러올 사회적 반향이 크다.

아니나 다를까? 고해성사 형식을 빌려 너도나도 이 흐름에 묻혀 가겠다는 인사들이 속속 불거지고 있어 충격이다. 일부 교수는 물론, 학원 강사, 예술인, 대기업 간부, 연예인, 언론인, 심지어 종교인까지 위조한 학력으로 버젓이 유명인 행세를 하고 있었다. 여기에 상당수의 취업 희망생들까지 양심의 가책도 없이 학력이나 경력을 부풀려 기재하고 있었다니 학력 위조가 금도를 넘어섰다.

학력 위조의 배경에는 지적 우월주의, 학력 만능주의라는 잘못된 시각에서 비롯되었다. 일류 대학 아니면 사람대접을 받지 못한다는 일부 기득권 세력의 집단적 우월감과 출세 지향적 학력관이 교묘히 결합되어 빚어낸 추태라 할 수 있다. 출세의 필요조건으로 일정 수준의 학벌은 필수라는 의식이 자기 학력 위조라는 파행적 결과를 초래한 것이다.

일부 사회 지도 계층들의 도덕적 해이와 빗나간 양심이 불에 기름을 끼얹은 꼴이 되었다. 자기 안위만을 좇는 그릇된 인식을 가진 사람들이 있는 한 학력 위조는 계속될 것이고 양심 부재의 부도덕한 사회에서는 학력 위조라는 전염병이 만연할 게 분명하다.

출세 지향적 학벌의식을 가진 기성세대의 추악한 단면을 보고 학생들이 과연 무엇을 생각할지 걱정스럽다. 마냥 시간이 가길 기다려야 한다면 덮어 두는 게 좋을지 모르겠지만 기왕에 곪아 터진 것은 어떻게든 치료를 해야 한다. 학력 위조로 그들이 가지고 있는 역량과 열정이 사장되는 것도 엄청난 사회적 손실일 수밖에 없기 때문이다.

그렇다고 그들이 저지른 학력위조죄를 용서하자는 것도 설득력이 없다. 시간이 흘러 묻힐 사안이라면 스스로 참회와 인고의 시간을 갖도록 선별적 배려와 주시는 필요하다. 학력 우선주의는 우월적 기성세대들이 알고도 누린 고질적인 병폐이자 고착 의식의 산물임이 틀림없다.

허위로 부풀린 학력을 자신의 미래를 개척하는 수단으로 이용하려 했다면 용서받지 못할 파렴치범이다. 이 기회에 학벌 지상주의 타파를 위한 특별한 대책을 강구해야 한다. 양심을 속이는 자에게는 우리 사회에 발을 붙일 수 없도록 하는 강력한 제도적 장치가 필요하다. 많은 사람이 학벌 우선주의로 인해 희생양이 되는 폐해를 조금이라도 줄이려면 말이다.

이번에는 강남 유명 여학교에서 평가지 유출 사건이 발생했다. 심증은 있으나 물증이 없다고 하니 수사 당국을 지켜볼 일이다. 진상이 밝혀지겠지만 이것 또한 학력 위조와 별반 다를 바 없다. 잘못된 대학 입시 정책과

일부 몰지각한 자녀관을 가진 부모의 욕심이 화를 불러들이고 있다.

학력 위조 권하는 사회, 어두운 사회로 가는 첩경이다.

지니어스 로사이

섬사람, 주술적 관점에서의 약속
자연 섭리에 순응하겠디는 상징물

독학으로 이뤄 낸 세계적인 건축가 안도 다다오(일본)의 건축물 유민미술관, 서귀포 해안 섭지코지에서 운명처럼 만난 것은 내겐 또 다른 즐거움이자 기쁨이었다. 너른 초원에 빌붙은 바다를 여과 없이 바라다보다 언뜻 시야에 들어온 건 바람, 돌, 억새에 삼삼오오 대열을 이룬 관광객들이었다. 뙤약볕에 주눅이 든 들꽃을 들여다보며 발길을 더듬어 내려가자 갯쑥부쟁이 소담히 피어 있는 가까이, 건축물인 듯 아닌 듯 정갈한 매무새의 돌담이 눈에 들어온다.

지니어스 로사이(Genius Loci), 유민미술관 건축물 중의 하나인 미디어아트관이다. 섭지코지의 배꼽이라는 곳에 있는 지니어스 로사이는 본래 마을의 수호신이라는 뜻에서 따온 거란다. 그런데 이곳을 명상과 사유를 위한 공간으로 만들어 많은 사람을 끌어모으고 있어 경이롭고 신기한 일이다. 그러니까 섬사람들을 모든 재앙으로부터 꿋꿋하고 편안하게 살아가게 해 달라는 주술적 관점에서 볼 때, 자연의 섭리에 순응하여 살아가겠다는 약속의 상징물이다.

더불어 자연과 인간과의 기하학적 조화를 통해 상호 교감이 이뤄지도록 물과 빛과 소리를 소재로 건물을 설계했으니 그대로 섬 문화의 신비로움이 느껴진다. 인간이 자연에서 태어나 자연으로 돌아가는 건 숙명이자 절대적 진리다. 노출 콘크리트와 섭지코지 자연과 잦은 교감을 통해 자신의 삶을 재조명할 수 있는 명상 공간이기에 더 말할 나위 없이 좋은 장소다.

시·공간을 초월하여 진정한 자아를 만날 수 있는 곳이라면 기어이 시간을 내어 찾아가 봐야 한다. 뻣뻣한 삶의 치유를 위한 여정으로 삼아도 손색이 없을 것 같다. 지상에서 지하로 들어가는 생의 회귀를 상징하는 길도 그렇거니와 모든 걸 내려놓고 자유롭게 숨 쉴 수 있도록 배려한 미로는 작가의 작품 세계를 적나라하게 보여 주는 것들로 인상적이다.

지하 전시실의 미디어아트는 백남준의 작품과는 또 다른 의미의 공간이다. 미디어아트의 본질은 무엇보다 작가와 관객과의 유기적인 상호 작용에 있다고 한다. 작품 평가는 관람객의 몫이지만 중요한 건 상호 심리적 관계를 넘어서 접촉을 통한 물질적인 상호 작용도 함께 일어나야 한다는 점을 강조하고 있었다.

명상의 방에는 각각 〈다이어리 2007〉, 〈어제의 하늘 2008〉, 〈섭지의 오늘〉을 주제로 나무, 하늘, 섭지코지 풍경을 형상화한 작품이 기다리고 있다. 아무튼, 미디어아트의 특징을 최대한 살려 인간과 자연이 어떻게 호흡해야 온전한 삶에 천착하게 되는가에 대한 메시지를 영상에 담아 가감 없이 보여 준다.

그러나 작가의 의도적인 노림수인지 몰라도 처음 방문한 사람에게는 건축물에 대한 이해가 쉽지 않다. 더욱이 풍경에 취해 바삐 걸어 다니는 사람들에게는 바깥에서도 쉬 눈에 띄지도 않는다. 그러니 관람객은 소수에 불과하고 지하의 조명마저 너무 어두워 을씨년스럽기조차 하다. 어두울수록 빛과 소리가 만드는 섬세한 언어가 자꾸 내 허리춤을 끌어당기지만, 건축물에 대한 자세한 설명과 관람객의 이해를 돕는 큐레이터의 해설이 있었으면 하는 바람이다.

돌아 나오는 길, 돌담 뷰파인디에 들어오는 성산포가 그림 한 장인 듯 한가롭다. 성산포 하면 이생진 시인이 떠오르는데, 섬사람의 애환을 노랫가락에 실어 바다의 서정을 노래한 분이다. 시 한 구절을 떠올리자 갈매기가 햇무리를 만들며 날아간다. 빡빡한 일정에서 오는 나른함 때문인지 전시장 마당 해국이 혓바닥처럼 축 늘어져 있다. 팍팍해진 무릎을 곧게 세우려면 글라스 하우스*에도 들러 깊고 푸른 바다를 마음껏 조망하면 좋을 일이다. 열대야에서 삐져나오는 가을 묻은 바닷바람 한 올이라도 건지려면 말이다.

---

* **글라스 하우스** : 안도 다다오의 또 다른 작품으로 유리와 노출 콘크리트로 만든 전망대. 지니어스 로사이 인근 바닷가에 있음.

숲의 미학

숲, 우리에게 약속된 미래
오감으로 즐기는 공간 돼야

이상하게 자꾸 눈에 끌리는 게 학교 뒤편 소나무들이다. 이 정도의 군락이라면 맑은 공기와 피톤치드를 실어 나르는 솔바람이 모두의 스트레스를 다스리는 치유제가 되고도 남겠다.

솔밭을 거닐다가 문득 하늘을 올려다본다. 언제부턴지 몰라도 백여 그루의 소나무가 빽빽하게 자라고 있다. 수령이 대충 80년이 족히 되는 소나무들이 따뜻한 그늘을 만들며 서로 질세라 창공으로 힘차게 뻗어 있다. 지루함을 달래라는 배려인지 소나무 곁엔 죽순대와 시누대가 어깨를 포개며 자라고 있고, 듬성듬성 가을꽃들이 수줍은 듯 피어 있다.

참, 궁금하다. 누가 뒷동산에 소나무를 심어 놓았는지 말이다. 외견상 흙을 쌓아 올려 나무를 심은 듯한 구릉지 형상인데, 그렇다면 이곳에 누가 저 많은 양의 흙을 운반하고 다져 소나무를 심었을까 쉽게 상상이 되지 않는다. 괭이질에 손마디 옹이가 틀림없이 박혔으리란 짐작만 할 뿐, 이웃 밤나무에 물어도 고개를 젓는다.

프랑스의 소설가 '장 지오노'가 쓴 『나무를 심은 사람』이라는 소설이 생각난다. 소설에 등장하는 주인공인 양치기 '엘제아르부피에'가 전쟁 후허허벌판에 나무를 심기로 작정하면서 줄거리가 시작된다. 온갖 고난에도 불구하고 평생 황무지를 개간하고 나무를 심어 숲을 만들어 가는 과정을 담담하게 이야기한다.

아무런 도움 없이 평생 나무 심는 일에 천착했기에 지금 프랑스인들은 자연이 주는 혜택을 마음껏 즐기고 있다. 한 사람의 끈질긴 노력이 거대한 숲을 탄생시켰고, 마침내 수자원을 회복하면서 희망과 행복을 찾아가는 아름다운 과정을 그렸다. 짧지만 긴 여운을 남기는 이 소설이 13개 언어로 번역되어 전 세계인들에게 널리 읽히고 있다는 사실이 대단하다.

무릎을 쳤다. 버려진 야산을 활용하여 자연 학습 공간인 생태 체험 학습장을 만들어야겠다고. 쉼터를 짓고 각종 야생화와 나무를 심고, 생태 탐방로를 만들어 자연과 함께 숨 쉬는 숲길을 학생들과 함께 걸어 보는 꿈을 꾼 것이다. 걷고 쉬면서, 음악을 듣고, 풀꽃을 공부할 수 있는 학습 공간이 만들어지면 얼마나 좋은 일이겠는가.

숲의 중요성과 소중함을 일깨우기 위해 전국 각지에서 다양한 행사가 벌어지고 있다. 숲이 오늘을 사는 우리에게 왜 약이 되고 미래가 되어야 하는지, 너도나도 걸으며 오감으로 즐기는 향기의 숲으로 다시 태어났으면 한다.

숲에게는 사람이 필요치 않지만, 사람에게는 숲이 필요하다.

제주의 사려니 숲을 오래 추억하고자 한다.

소리를 먹고 자라는 휘파람새의 궤적만큼

높고 투명한 숲에서는

걷기 전에 거리부터 묻는 것은 삼갈 일

소나무가 온갖 세파에서도 꼿꼿하게 자라는 건

하늘소와의 싸움 때문만이 아니라는 걸

새벽이슬에게 물어보면 알게 될 일

반달곰이 칡넝쿨을 추리거나 더덕을 다듬는 일이

부지런한 산토끼 덕분이기도 하나

얼룩무늬는 가시덤불에 찔린 흉터라는 것도 곧 알게 될 일

홀홀, 털지도 못하면서 행선지부터 묻는 건

숲에서는 용서받지 못할 일

등짐 때문에 길바닥에 주저앉는다 해도

손목을 잡아끄는 건 솔, 솔, 솔바람이 자청한 일

떠나기 전에 종아리가 먼저 노곤해지는 건

멀어서라기보다 숲을 읽지 못한 두려움 때문이라는 걸

불혹(不惑)재에서는 기쁨도 땀에 섞여 씁쓸할 때이므로

목덜미를 훔쳐 가며 가끔 뒤돌아볼 일

닳아진 신발창이 살아온 날을 재는 단서라는 것

시름도 편백나무에 말아 먹으면 개운해진다는 것도

대낮, 잠든 청솔모도 눈치챈 일이니

걸어가라, 그냥

끼

> 솔베이지의 음악이 흐르는 미술관에서
> 고흐, 별이 빛나는 밤 읽는 여유 즐기길

끼는 특정 연예 혹은, 예술 분야에 가지고 있는 재능이나 소질을 속되게 표현한 말이다. 끼 있는 사람이란 한 분야에 전문성을 가지고 끊임없이 연구하며 자기 일에 전력투구하는 이를 일컫는다. 말하자면 장인정신으로 단단하게 무장된 사람들로, 흔히 잘 나가는 CEO나 연예인들이 대표적이다. 많은 이의 존경과 부러움의 대상이자, 우상이며, 잠재적 자기 목표다.

선생님의 주가가 상한가다. 그러나 펀드멘탈이 튼튼한 선생님은 별로 흔치 않다. 많은 사람이 미래의 성장 가능성과 기업 가치에 기초하여 투자하려는 것처럼 학부모들은 학생의 성장 잠재력을 발현시키기 위해 진력하는 선생님을 선호한다. 이미 선생님이 학생이나 학부모로부터 평가를 받고 있으며, 성급한 예단인지 모르겠으나 학부모나 학생이 선생님을 취사선택하는 때가 올지도 모른다. 시대가 장인정신을 발휘하는 끼 있는 선생님을 찾고 있기 때문이다.

끼 있는 선생님이란 교육에 대한 전문적인 식견과 자질을 가지고 학생들을 가르치는 일에 최선을 다하는 사람이다. 선생님을 전문직이라고 부르는 이유도 여기에 있다. 그러기에 적어도 선생님 자신이 하는 일에 있어선 타의 추종을 불허하는 고도의 교육력을 발휘해야 한다. 교수·학습의 전문성을 높이기 위한 각종 연수가 곳곳에서 활발히 이루어지고 자기 성장과 정보화 사회 흐름에 동참하기 위한 자신과의 서바이벌 게임이 한창이다.

끼 있는 선생님이 되려면 건전한 여가 활동을 통해 자신의 에너지를 재충전하는 일도 중요하다. 건강해야 가르치는 일도 즐겁다는 의미다. 현대인은 각종 스트레스에 무방비 상태로 노출되어 어려움을 호소한다. 여유를 갖고 즐겁게 자신을 계발할 수 있는 일을 찾아 나서야 한다. 규칙적인 운동, 여행, 각종 동호회에 적극적으로 참가하는 일이 그 예다. 영화 감상이나 콘서트, 한 권의 시집 등에서 즐거움을 찾는 활동으로 일상의 피로감을 풀어내야 한다. 쉬운 일 같지만 그렇다고 어려운 일도 아니다. 항상 시작이 어렵고 더딜 뿐이다.

선생님은 미래를 예측하는 식견과 덕망, 그리고 자기 성찰과 연찬이 필수조건이라고 전제하였다. 여기에 '그리그'의 작품 〈솔베이지의 노래〉가 흐르는 미술관에서 고흐의 〈별이 빛나는 밤〉을 읽는 감성적 거울까지 지닌다면 좋겠다.

시대가 끼 있는 선생님을 부른다.

개잎갈나무 땡볕 아래

| 보도블록, 아스팔트가 고사의 주범
| 죽어 가는 나무 보며 병 · 해충 타령만

히말라야삼목(히말리아시다)은 우리말로 바꿔 쓰면 '개잎갈나무'다. 다소 생소한 이름의 개잎갈나무는 원산지가 히말라야산맥에 있는 아프가니스 탄으로 외래종이지만 성장이 빠르고 상록수라 도심 가로수나 학교에 많 이 심고 있다. 학교 울타리에도 역사만큼이나 오래된 아름드리 개잎갈나 무 십여 그루가 싱싱하게 자라고 있다.

그런데, 노래해야 할 새가 보이지 않았다. 새가 나무를 멀리한다는 건 어떤 문제가 생겼다는 방증이고 보면, 나무에서 새소리가 들리지 않으니 분명 까닭이 있을 것이다. 그리고 보니 한 그루는 이미 고사했고, 병해충 때문인지 몰라도 세 그루도 순식간에 말라붙어 버렸다.

숲이 건재한 이유는 뿌리의 힘 때문이다. 나무병원 의사가 청진기를 들 이대더니 고사 원인이 보도블록 과잉 포장에 의한 질식사라는 진단을 내 렸다. 뿌리부터 숨구멍을 차단해 버렸으니 허옇게 질려 말라 죽지 않고 배길 수 있겠냐고 나무랐다. 나무도 사람 같아 뿌리의 원활한 호흡이 필 요한데, 숨 쉴 구멍을 보도블록으로 단단히 덮어 버린 데다 아스팔트 포장까지 했으니 죽는 게 당연하다는 것이었다. 지금이라도 나무를 살리려면 주변의 보도블록을 걷어 내야 한다는 극약 처방을 내렸다. 지극히 간단하고 상식적인 일임에도 사람의 무지가 불러들인 화였다.

　몇 년 전, 학교 운동장을 드나드는 통학버스로 인한 교통사고 위험을 없애기 위해 도로포장을 하였고 인도에 보도블록을 깔아 놓았다고 했다. 보도블록과 아스팔트가 고사의 주범이라는 사실도 모르고, 죽어 가는 나무만 하염없이 쳐다보며 병·해충 타령만 하고 있었으니 이런 미련퉁이가 없었다.

　뿌리를 덮고 있는 보도블록과 아스팔트를 걷어 내고 자갈과 모래를 깔면 배수나 숨쉬기가 편해져 뿌리가 살아날 거라는 처방이었다. 굴착기와 착한 인부를 들여 철거 작업을 시작했으나 조경업자의 말이 끝나기도 전에 난관에 봉착했다. 보도블록을 뜯어내자 예상치 못한 시멘트 바닥이 드러났고, 얼마나 튼튼하게 바닥을 시공했는지 전동 굴착기로 어렵사리 뜯어내야 했다. 바닥에 침하를 방지하는 매설물을 깔고 시멘트로 포장한 뒤, 습기 방지용 비닐을 삼중으로 덮었으니 나무를 죽이려고 작정을 한 것이다. 여태까지 개잎갈나무가 버틴 것만으로도 신기하다는 표정들이었다.

　토건업자의 무책임에 우리의 무관심이 초래한 참사였다. 으레 학교 공사가 그렇듯이 주변 환경에 대한 사전 조사나 최소한의 예의도 없이 계획성 없이 파고 덮었으니 난개발과 다름없었다. 조경업자 자문만 얻었어도 아름드리 개잎갈나무가 허망하게 말라 죽진 않았을 것이다.

지금도 나무를 이식할 때 앞뒤 없이 굴착기로 떠서 구덩이에 던져 버린다. 살면 살고, 죽어도 어쩔 수 없다는 막가파식 투척이다. 몇 십 년이 넘게 자란 아름드리나무를 공사의 편의성을 핑계로 뜻도 없이 함부로 옮기거나 베는 일이 흔하다. 나무를 옮기거나 부대공사를 할 때는 반드시 전문가의 도움을 받았으면 한다.

학교 숲, 삭막한 시멘트 문화에 익숙한 아이들이 마음껏 뛰어놀 수 있는 놀이 공간이자 쉼터로 자리하길 빈다.

개잎갈나무 땡볕 아래, 아이들이 새소리에 맞춰 줄지어 있다.

단 한 번뿐인 선물

월척, 고기가 아니라는 말씀에 끄덕
생활낚시, 만년 2위에서 1위로 등극

'대물이야, 대물, 평생 이렇게 큰 돔은 처음 보네!'

낚시 전문 잡지사 기자의 벌어진 입이 좀처럼 닫히지 않았다. 셔터가 연거푸 터지면서 이건 뉴스감이라며 누가 잡았냐고 다그치듯 묻는다. 지칠 대로 지친 난, 어서 집에 갔으면 하는 마음에 질문에 아예 관심조차 없었다. 일주일의 조난 생활에 심신이 찌들어 있던 터라 오로지 잠부터 실컷 자야겠다는 생각뿐이었다.

그러니까 2박 3일간의 백도행 낚시 여행이 전국방송 톱뉴스 전파를 탈 줄 누구도 몰랐다. '이십여 명의 낚시꾼들이 남해 백도 해상에서 강풍에 실종되어 숨진 것으로 추정된다'는 청천벽력 같은 뉴스에 가족은 물론, 버젓이 살아 있는 나도 깜짝 놀랄 수밖에 없었다. 어이없게도 멀쩡히 백도의 자연 풍광에 난 취해 있었고, 오보라고 항의하고 싶어도 핸드폰이 없었던 80년대 말이었다.

출발부터 날씨는 심상찮았다. 나중에 안 일이지만 조그만 낚싯배에 이십 명이 넘게 불법으로 승선했어도 아무런 제지를 받지 않고 출항했다는 것이다. 그러니까 승선 인원 초과에 출항 신고도 없이 뛰쳐나온 망나니 배였던 셈이다.

다도해의 풍광은 아름다움 그 자체, 통발이 건져 올린 푸른 하늘에 갈매기가 유영하고, 뱃길을 밝히는 등대가 흰 제복의 파수꾼처럼 섬들을 지키고 있었다. 짠맛에 점차 익숙해지는 사이 망망대해가 비단처럼 눈앞에 펼쳐졌고, 종이배에 실린 나는 기친 피도 속으로 빠져들어 갔다.

서방여(礪)라고 하는 비교적 높고 안전한 바위에 자리 잡은 우리는 나흘간 폭풍우를 벼락처럼 맞고 지내야 했다. 폭풍주의보가 발효됐다는 선장의 육성을 끝으로 뭍과의 교신은 끊겼고 살아도 죽은 목숨이나 진배없는 시간이 뜻도 없이 흘러갔다.

비가 그치는 틈에 무료함도 달랠 겸 신선처럼 백도 곳곳을 둘러보았다. 그러다가 상백도 매바위 아래서 하늘과 별을 덮고 잔 사람은 나뿐일 거라는 생각에 배고픔도 잠시 잊고 지냈다.

첫날 대물이 잡혔다. 대형아이스박스에 간신히 접어 넣어도 꼬리지느러미가 삐져나왔으니 폭풍이 주는 선물치곤 너무 황송했다. 일곱 자가 넘는 참돔이었다. 그러나 우리는 일주일 동안 조난과 고립에 실종자 대접을 받았으니 혹독한 대가를 치른 셈이었다.

파도가 잦아들자 선장은 일행 모두가 안전하다는 소식을 알려 주었고, 집채 같은 파도와 싸우고도 무사하다니 분명 프로 낚시꾼들이 틀림없었다. 우리는 안전하게 상백도 해안에 접안했고 그동안 허기졌던 배를 채울 수 있었다. 생색내기 같았으나 부근을 지나던 경비함이 건네준 얼마의 식량과 식수 배급이 우리의 생환을 알리는 계기가 되었다.

월척은 고기가 아니라는 장인의 말씀에 고개가 끄덕여졌다. 대물 참돔은 폭풍을 이겨 낸 단 한 번뿐인 선물이었으며, 바다가 가르쳐 준 삶의 지혜였다는 사실을 깨달았다. 무사 귀환을 알리는 뱃고동 소리가 연안으로 퍼져 나갔고 8시간여 달려온 여객선은 여수항에 닻을 내렸다.

생활낚시의 인기몰이 탓인지 방송 매체도 낚시 프로그램 대세에 시청률도 급상승이다. 국민 취미 활동 부동의 1위였던 등산이 만년 2위 생활낚시에 자리를 내준 요즘이다.

도시 어부, 맘만 먹으면 대물이 보인다.

노래방에 내 노래가 없다

어른, 시대착오적 우스꽝스러운 존재
아이돌 가수 콘서트 보러, 적금 들어

노래방에 내 노래가 없다. 누를 번호가 없고 자신 있게 부를 노래가 없다. 어떤 장르의 음악이든 음악도 시대의 사회상을 반영하는 문화의 한 부류다. 청바지와 통기타 문화에 익숙했던 7080세대의 케이팝(K-pop)은 서정적인 발라드 계열의 노래가 주류를 이뤘고 많은 청년이 즐겨 불렀었다.

어느 저녁 모임에서 한 친구가 획기적인 제안을 들고 나왔다. 요즘 TV에 자주 출연하는 가수 이름과 최근에 유행하는 노래 한 소절이라도 부를 수 있는 사람이 있으면 자기가 한 잔 사겠다고 큰소리를 쳤다. 와, 하는 탄성과 함께 좌중은 찬물을 끼얹은 듯 조용해졌다. 노래는커녕 곡목조차 모르는 사람이 대다수였다. 어떤 친구가 젊은 가수 몇몇 이름은 알고 있었으나 불행하게도 곡목도 가사 한 줄도 외워 부르지 못했다.

세대 차이가 극복할 수 없는 과제라고 치부하기에는 우리는 너무 몰랐다. 시대의 변화를 받아들이기에 앞서 아예 관심조차 두지 않았으니 모르는 게 당연했다. 변명할 일도 아니었고 부끄러운 일도 아니지만, 모르는 게 아니라 변화를 따라가지 못하고 있다는 반성들이었다. 시대의 흐름을 앞서가는 적극적인 변화보다 이젠 현실을 인정하고 살아가는 이대로가 좋다는 분위기였다.

흘러간 옛 노래 한 곡으로 분위기를 띄우려는 어리석음을 저질러서는 안 된다. 시대 변화에 따른 새로운 대처와 노력 없이 내 노래가 없다며 푸념하기 전에 시대를 읽는 안목을 길러야 한다.

요즘 아이들은 자기가 좋아하는 아이돌 가수의 콘서트를 보기 위해 적금을 든다. 팬클럽 회원끼리 공연이 있는 곳을 찾아 버스로 이동하기도 하고 브로마이드나 기념품을 사서 모으는 세대들이다. 그러니 내 노래가 없다고 노래방 기계만 탓하고 있는 우리가 그들에겐 시대착오적인 우스꽝스러운 존재로 비칠 수밖에 없지 않은가? 그러니 골동품 정도로 기억될 우리가 신세대들에게 어떤 모습으로 비치고 있는지 물어볼 수 없는 변화무쌍한 시대에 살고 있다.

그러니 노래방에 내 노래가 없을 수밖에.

일출, 생각해야 할 것들

따뜻한 마음, 배려와 소통의 왕도
불신, 불만, 불평, 불안 떨쳐 내야

집 베란다에서 조망하는 남해 일출이 명품이다. 새해맞이를 위해 꽉 막힌 도로를 뚫지 않아도 저절로 찾아오는 여기는 가막만, 발품 팔 일 없이 창문만 열면 저절로 펼쳐지는 아침 풍경이 오늘은 잔잔해서 평화롭다. 물방울처럼 떠 있는 섬들이며, 먼바다에서 돌아온 고깃배들의 귀항마저 달콤하여 노곤하다. 밤마다 가로등 불빛들이 바닷길을 환히 열어 놓기도 하고 예울 마루에서 퍼져 나오는 바다교향악, 통통거리는 뱃고동에 맞춰 물꽃들이 피어올라 더 좋다.

해마다 반복하는 일이지만 오늘 아침은 각별한 관심과 애정으로 다가오는 이유가 뭔가? 각별할수록 소중한 것이라면 일출에 소원을 담은 상자 몇 개를 채우고 또 채워야겠다. 허투루 작심하고 나면 일주일을 못 버티는 일이 다반사라고 해도 새해 벽두에는 모두가 꿈을 꾸고 희망을 이야기해야 한다. 환히 밝아 오는 어둠 속으로 시간의 마지막 심지가 연소할 때 눈을 뜨라고 했으니 이때가 바로 해 뜨는 시각이다. 그러니 한 번쯤 의연하게 결가부좌를 틀고 일출과 마주해 볼 일이다.

새해 간절한 소망이 있다면 모두가 따뜻한 삶을 누렸으면 하는 바람이다. 갑과 을, 정규직과 비정규직과의 불편한 관계, 교무실과 행정실과의 소통, 관리자와 교사 간의 보이지 않는 장벽도 넘어서야 한다. 무엇보다 세대 간 의식 차이로 누적된 갈등도 풀어내야 한다. 다양해지는 학부모의 요구가 개인의 지나친 욕심으로 인해 학교 교육에 찬물을 끼얹는 일도 사라져야 한다. 학교 구성원 간의 소통 없는 일방통행은 모두에게 독이 될 수 있다.

상생과 나눔, 배려와 소통은 우리 사회가 지향해야 할 공존의 가치이자 이상적 덕목이다. 글로벌 인재 육성을 지향한다는 교육 활동이 지나치게 편향되거나 왜곡되어 당사자 간 이해 다툼으로 번진다면 공멸하는 일이다. 배려와 소통이 전제되어야 하는 이유가 여기에 있다. 나눔을 통한 상생의 이유가 내가 아닌 우리에게 있다는 걸 알면서도 갈등을 일으키는 사례가 흔히 있다. 갈등을 겪는 상황이 기우라는 걸 모두가 증명해 보여야 한다.

따뜻한 마음만이 배려와 소통의 왕도다. 온도 차에 의해 생기는 불신과 불만, 불평과 불안을 조금씩 떨쳐내야 한다. 모두가 존중받는 사회를 위해 한발 물러서서 세상 풍경을 바라봐야 한다.

작심삼일로 끝나는 약속이 아니길 빈다.

목련과 목발

가지치기, 생명과 풍경 살해
곧, 목발 되어 돌아올지 몰라

우리 학교 목련은 섬뜩한 고통을 앓는 장애수입니다. 굳이 말하자면 후천성 지체장애를 앓고 있는 셈입니다. 그렇지만 올해도 목련은 목발을 짚고 환하게 꽃을 피웠습니다. 목련은 아이들을 위해 꽃샘추위에도 개화의 약속을 지킨 것입니다. 그러나 바라볼 때마다 눈살이 찌푸려지는 것은 푸른 하늘로 마음껏 뻗어 가야 할 가지가 몽땅 톱날에 토막 났기 때문입니다. 탐스럽게 피어야 할 목련꽃이 피기도 전에 겨울을 맞이하는 것입니다.

나무를 자르는 일은 나무를 사랑하기 때문이라는 말을 합니다. 하지만 우리 학교 목련에게는 이 말이 어울리지 않습니다. 힘차게 뻗어 나가야 할 가지가 매년 자란 만큼의 높이를 예리한 톱에게 반납해야 하기 때문인데요. 백일홍이 그렇고, 벚나무, 동백 등도 같은 처지입니다. 아예 나무 그늘을 없애려는 심사인지 모르겠으나 아이들이 뙤약볕에 갈증을 달래는 일만 늘어났습니다.

도심의 아스팔트를 식혀 주는 플라타너스도 간판이나 신호등을 가로

막는다며 무참하게 잘라 냅니다. 몸뚱이만 겨우 지탱하고 있는 흉물입니다. 아예 어린 가지까지 잘라 버려 전봇대인지, 가로수인지 분간이 안 되는 경우도 허다합니다. 간판은 옮기고 신호등을 위해 필요한 가지만 자르면 될 텐데, 나무를 심었거나 가꾼 이가 보면 속상할 일입니다.

숲이 아름다운 건 사람의 손길에서 자유롭기 때문입니다. 요즘은 피톤치드 영향 때문에 삼림욕이 인기입니다. 삼림욕을 통해 좋은 산소를 마시면 스트레스가 해소되고 장과 심폐 기능이 강화되며 살균 작용이 있다고 하여 많은 사람이 찾습니다. 또한, 암 치료 효과가 있다며 편백 숲을 찾는 사람들이 부쩍 많아졌습니다. 쭉쭉, 하늘을 향해 뻗어 있는 편백 우듬지를 보니 학교 목련이 가여워집니다.

나무도 필요에 따라 가지치기를 해야 합니다. 그러나 분별없이 잘라 내니 나무의 생명을 끊는 일이요, 풍경을 해치는 일입니다. 적당한 전지와 거름은 몰라도 뜻도 없이 잘라 내면 끝내, 목발이 되어 돌아온다는 걸 잊지 말아야 합니다.

커 가는 아이들도 나무와 별반 다를 게 없습니다.

미루나무는 하늘을 향해 이파리를 달 뿐이다

물고 물려 헝클어졌지만 가지런한 그늘을 거느리는 걸 보면 한 번쯤 미루나무 아래로 들어가 봐야 한다

이마 들이대는 일 없이 자라 가는 걸 습관이라고 해야 하나 어깨를 겯
고 솟구치는 이파리들이 구름에 닿도록 팔랑거린다

비뚤어지게 제멋대로 읽는 아이들, 애써 줄 맞추라 다그치지 않아도 아
름드리 미루나무가 될 수 있을 것

회초리 엄마들에게 침을 튀기며 이야기한다

― 「미루나무 아래로」 전문

황룡강*에서

복부비만, 염려 떨치고
축배 할 일 더 많아져야

해가 저물어 갑니다. 몸과 마음이 흐트러진 일상이 긍정의 치유라는 명분으로 증폭되고, 뭔가에 쫓겨 과속이나 졸음운전이 취미 생활이 되진 않으셨는지요. 아직도 우리 사회가 독선과 아집 때문에 합리적인 해결보다는 억측과 강요, 편 가르기 등으로 감정적 대립을 즐기는 형국입니다. 헬조선, 금수저 따위의 어휘가 사회 계층의 불평등을 대변하는 신조어가 되었고, 진실을 왜곡하거나 폄훼하는 풍토가 횡행한 올해는 절망 모드였습니다.

그런데 재미있는 일이 하나 있습니다. 무슨 연유인지 모르겠지만 이곳저곳 즐거운 TV가 온통 셰프들로 도배질이기 때문입니다. 쿡방이니, 먹방이니, 소울푸드니 하는 국적 불명의 프로그램들이 돌파구가 없는 세상에 먹기 위해 사는 것처럼 넘쳐납니다. 살아 있는 미각을 부채질하는 갖가지 음식들이 난무하지만 정작 침 흘리는 사람은 소시민이 아니라 배부

---

* **황룡강** : 전남 장성 읍내를 가로질러 흐르는 큰 냇물

른 자의 간식일지도 모르는데 말입니다.

눈으로 즐기면 됐지 하는 제작자의 불순한 배려에 동의치 않으나, 가난과 허기는 대물림이라고 사법고시 존치를 주장하는 사람들이나 불필요한 인력 소모와 시간 낭비라며 반대하는 로스쿨의 입장도 이해할 만합니다. 정치적 무관심과 사회적 약자의 아픈 부위를 찌르는 제작자의 노림수가 시청률 상승이라는 셈법에 휘말려 시청자들이 매몰된 것은 아닌지 모르겠습니다.

뭐니 뭐니 해도 한국 사회의 최대 관심사는 청년 일자리 마련이었습니다. 그러나 삼포 세대를 넘어 칠포 세대라고 부르는 이 땅의 젊은이들은 일거리를 찾아 헤매도 아직 해결될 기미가 보이지 않습니다.

갑질 횡포를 못 이겨 심장박동기를 스스로 껐던 청년들, 현대판 음서제라고 외치면서 세습적 권력을 탐닉했던 사람들, 잠겨 버린 세월호 학생들이 철이 없어 탈출치 않았다고 궤변을 늘어놨던 당사자들, 세상이 두 쪽 나도 공약(公約)은 공약(空約)일 뿐이라며 유권자를 향해 침을 튀겼던 사람들, 히든카드라고 꺼낸 답안지가 돌려 막기식 처방이었을 때, 자기반성이나 성찰 없이 내로남불을 외치는 사람들이 존재하는 한, 우리는 시청 광장 차벽을 헤쳐 나오지 못할 것입니다.

그래도 겨울은 왔고, 기다림처럼 눈은 또 내렸습니다. 페이스북의 최고경영자인 저커버그가 전 재산을 사회에 환원하겠다는 뉴스는 파격을 넘어 충격이었습니다. 네온사인의 침묵에 열한 살 소녀는 굶주림에 탈출을 감행했고, 시위대를 향한 물대포나 감정노동자에 대한 위로는 차가웠으며, 메르스에 불타난 것은 복면가왕의 전용물인 마스크였습니다. 그래선지 이 땅의 어른들은 어지럽고 도리가 제대로 행해지지 않는 혼용무도의 세상이라며 탄식합니다.

겨울 황룡강에 개나리가 몇 송이 피었습니다. 새해를 맞는 젊은이들에게 보내는 희망의 메시지임이 분명합니다. 복부비만이 염려될지라도 내년에는 도란도란 모여 앉아 축배 할 일이 많아졌으면 하는 소망입니다.

서바이벌 게임

변화와 혁신, 교육계 흐름에
서바이벌 게임 도입 머지않아

서바이벌 오락성 프로그램이 대중매체의 대표 트렌드로 자리를 잡아 가고 있다. 대중가요에서 시작됐던 서바이벌 게임이 댄스스포츠 영역까지 넓혔다. 선의의 경쟁을 통한 진정한 승자를 가려내려는 의도 외에도 프로란 어떤 사람인지 시청자에게 학습시키는 효과를 노리고 있는 듯하다. 시청자의 이목을 묶어 놓을 수 있다면 무엇이든 해 보겠다는 방송제작자의 의지가 열정적이다.

산다는 보장만 있다면 가장 스펙터클하고 스릴 넘치는 게 전쟁이라고 한다. 그러나 생존 약속이 없기에 두렵고 무서운 것이다. 승패가 확연히 갈라지는 전장에서 패자는 떠나가는 뒷모습이어서 슬픈 것이다.

서바이벌 게임에서 가장 중요한 것은 살아남기 위한 생존 전략이다. 가수는 가창력이 기본이요, 노랫말의 정확한 전달과 감정이입, 선곡의 소화력에 호소력, 무대 예절까지 심사의 대상이 된다. 그러기에 피를 토하며 연습에 매달린다. 즐기며 보여 주는 무대가 아니라 적자생존을 위한 각축장이 된 것이다.

각종 스포츠가 보여 주는 양상도 마찬가지다. 흔히 인생의 축소판이라고 하는 야구 경기에서 분명하게 드러난다. 볼카운트 하나에 탄식과 축배가 오간다. 담장을 넘어가는 홈런에 연봉이 천정부지로 뛰기도 한다. 삼진을 당하고 뒤돌아서는 모습이 안타깝다 못해 홈 관중은 눈물을 흘린다. 그러기에 프로의 세계는 냉정하다 못해 잔인하다.

프로는 예리한 눈을 가지고 있다. 변화를 읽는 눈매가 매섭다는 말이다. 시대를 앞서 먼저 읽는 능력이 있고 이에 대비하는 혜안을 가지고 있다. 안이한 현실 인식이 세계 스마트폰 시장 점유율 1위의 노키아의 몰락을 가져왔다던가, IT업계의 선두 주자가 된 스티브 잡스의 직업의식이 이를 잘 대변해 준다.

요즈음 교육계의 흐름은 변화와 혁신이다. 지금까지의 교육 방식으론 학생들의 행복한 미래를 책임질 수 없다는 절박감에서 비롯되었다. 교육 내용과 방법을 바꾸지 않고선 경쟁력 있는 인재를 기르기 어렵다는 위기의식이 팽배하다.

위기는 기회의 자양분이다. 경쟁력을 갖춘 학생들을 기르기 위해 교사가 프로정신을 발휘해야 한다. 미쳐야 산다는 말이 있다. 평생을 교단에 있으면서 자신 있게 수업을 하는 선생님이 드물다고 한다. 아무런 준비 없이 즉흥적으로 지도에 임했고, 자기 수업에 대한 객관적인 분석이나 평가 없이 관행적인 수업을 답습해 왔기 때문이다.

학생의 중심에 교사가 있고 교사의 중심에 학생이 존재한다. 학생이 행복해지기 위해 교사가 먼저 행복해야 한다. 그래야 교사는 학생들을 위해 열정적으로 수업을 준비할 것이고 학습 효과는 곱절이 될 것이다.

서바이벌 게임, 학교에 나타날 날이 머지않았다.

책, 영화 한 편, 커피 두 잔

| 사제지간, 서로 어깨 다독이며
| 지혜와 용기 발휘해 틈 메꿔야

영화 한 편 커피 두 잔, 만 원짜리 대학 교재 때문에 강매냐 교육 소신이냐를 놓고 온라인상에서 교수와 학생 간의 치열한 설전이 벌어지고 있다. 덩달아 각종 언론 매체도 마치 특종을 잡은 것처럼 호들갑이다. 담당 교수가 자기가 집필한 교재를 강의 과목으로 채택해 놓고 사서 공부하지 않으면 학점을 주지 않겠다는 경고도 이상하고, 책도 없이 공부하겠다고 버티는 학생들도 똑같다.

교수 처지에서 보면 학생들의 해이해진 도덕적 관념과 왜곡된 현실 인식에 대해 일침을 가하려는 의도라는 걸 충분히 이해한다. 어떻게든 이 기회에 뒤틀린 학생들의 생각과 태도를 바로잡아 본연의 학업에 충실히 임하라는 스승의 고언으로도 읽힌다. 아울러 교수이자 학자로서, 사회의 최상위 지식층으로서 역할과 임무를 다하겠다는 절박한 소신이 담겨 있다고 볼 수 있다.

그러나 강의 교재로 본인이 직접 집필한 책을 사서 보라고 하는 교수의 의도는 우리 정서상 아무래도 빗나갔다. 핑곗거리를 찾으려는 학생들에게 교수는 책 장사라고 비난받을 만한 빌미를 제공했으니 말이다. 그간 수강 학생들이 보여 준 행태가 아무리 못마땅했을지라도 영수증까지 첨부한 교재 제출을 강요한 건 재고했어야 맞다. 오해 소지가 다분한 일에 보다 신중하고 냉철하게 대처했어야 옳을 일인데, 막무가내로 밀어붙인 저의가 무엇인지 모를 일이다. 학점을 받으려면 자기 책을 무조건 사서 읽어야 한다는 것도 알고 보면 권위주의의 산물이기 때문이다.

요즘 학생들은 스마트폰과 커피 세대에 상상을 뛰어넘는 자유주의 신봉자들이다. 굳이 말하자면 영화 한 편, 커피 두 잔 값이면 책 한 권 사는데, 학습 교재도 없이 공부하겠다는 학생들의 속내가 못마땅하다. 등록금도 모자라는 판에 학습 교재까지 꼭 사야 하냐며 반문하는 이중적 태도는 이기주의의 말미를 보여 주는 것 같아 속이 상한다. 일부 학생들의 무분별한 과잉 반응이라고 치부하기에는 세대의 사고방식이 달라도 너무 다르다. 교재도 없이 공부하겠다는 학생들의 태도가 아리송할 뿐이다.

그렇지만 아무리 그럴듯한 대안도 상호 의견 충돌 시 파열음이 생긴다는 것을 예상했어야 했다. 학생들이 교수의 행위를 부당한 처사로 몰아붙이고 대중의 힘을 빌려 이슈화하여, 자기 잘못을 덮으려는 회피성 의도가 아닌지 간파했어야 했다. 요컨대, 교수가 가지고 있는 절대 권위에 대한 정면 도전일 수도 있고, 우리 사회에 깊게 팬 불신의 극치를 공론화하려는 학생들의 반기일 수도 있다. 아무튼, 비생산적인 논쟁은 접어 두고 초심으로 돌아가야 한다. 학생은 공부하는 처지에서, 교수는 학생을 가르치는 위치에서 최선책을 찾아야 한다.

큰일이다. 이런 일이 이 학교만의 일로 끝날 일이 아니라는 데 있다.

대학 구내에서 값비싼 책을 공공연히 복사해서 판매하는 일이 일상사가 되어 버린 지금, 저작권 문제를 두고 갈등 사태가 첨예하게 부상할지 모른다. 이번 일로 인하여 사제 간의 도리에 금이 갔다고 할지라도 마주 보며 어깨를 다독거리는 지혜와 용기를 발휘했으면 한다.

영화 한 편, 커피 두 잔 값이면 책 한 권 산다.

말을 걸다, 상사화

상사화, 꽃 이름 아는 아이 있다면
손 · 발톱에 봉숭아 물들여 주고 싶어

붓이다. 어제는 가는 붓이더니 오늘은 제법 도톰하다. 보니 붓끝에 붉은 물을 가득 머금었다. 풀밭에 금방이라도 꽃물을 쏟아 일필휘지할 기세다. 무릎을 꿇고 숨죽여 봐야 할 일이다.

화엽불상견(花葉不相見)의 꽃, 상사화가 내게 말을 건넨다. 자길 모르겠느냐고 말이다. 그래, 알기는커녕 잊힌 지 오래되었다고 퉁명스럽게 대답을 한다. 이파리를 감춘 지 벌써 달포가 지났고, 네 얼굴을 본 지 딱, 일 년이 지났으니 잊힐 법도 하다.

마치 붓을 거꾸로 치켜들거나 물구나무를 선 모양에 삼복더위로 흘리는 땀방울이 넘쳐날 게 분명하다. 그러다가 한 평의 풀밭을 연분홍으로 온통 채색해도 남겠다.

어쩌자고 오늘 안부를 묻는지 모르겠다. 또 태풍이냐고 묻는 것 같기도 하고 물세례냐고 하는 것 같기도 하다. 그러니 자기에게 자주 눈길을 보내 달라고 보챈다. 얼핏, 선혈 낭자한 피를 쏟을 것 같아 현기증이 일어난다. 그도 이파리 질 때는 다시 만나지 못하리라 생각했거나 미련도 아쉬움도 없는 생이별이라고 단념했을지 모른다. 그러나 이별의 끝은 눈물이 아니라며 기어이 꽃을 피워야겠다고 오기를 피웠을 것이다. 이파리를 태워 꽃을 피우는 질긴 생명력 앞에 이별이라는 명사는 축복이고 며칠 후면 상사화 꽃봉오리가 활짝 피어나겠지.

　상사화를 두고 이러쿵저러쿵 말이 많다. 동행할 수 없는 사랑에 대해 가슴앓이를 했던 사람들이다. 붓을 잡고 물어보니 인생이 그렇기에 그런 줄 알고 있으라는 귀띔이다. 상사화와 꽃무릇이 같은 삶을 사는 이유다.
　꽃술을 자세히 들여다보니 영락없이 붓끝을 닮았다. 화가라면 한 번쯤 꺼내 들고 빈 벽에라도 벅벅 칠해 보고 싶겠다. 한 자루의 붓으로 뿜어내는 이 여름을 상사화 꽃잎으로 그늘을 깔아도 좋겠다. 그렇지, 꽃이 핀 자리는 무더위도 접근 불가다.
　밤새 태풍 무이파*가 창을 흔들었다. 이름부터 조폭 냄새가 나더니만 기어이 상사화 모가지를 여지없이 부러뜨려 놓았다. 하기야 육백 년을 묵묵히 견뎌 온 팽나무가 넘어지는데 어떻게 견뎌 낼 재간이 없었을 것이다.

　상사화가 다시 말을 건넨다. 일 년만 다시 기다려 달라고 한다. 그러겠다고 약속했다. 이미 부러진 꽃 모가지를 일으켜 세워 보지만, 척추가 끊겨 버린 주검 앞에서 눈을 감고 손을 모아도 소용없다.
　자연의 이치를 깨닫는 게 이렇게 어려운 일이다. 지나가는 아이에게 꽃 이름을 묻는다. 그냥 꽃이란다. 이름을 아는 아이가 있다면 열 손톱에 발

---

*　**무이파** : 태풍 이름

톱까지 봉숭아로 빨갛게 물들여 주고 싶은 햇볕 쨍쨍한 아침이다.

  그해 여름, 더는 상사화를 찾을 수 없었다.

    헉, 붓이 거꾸로 처박힌다

    두근두근, 진통이 오나 보다
    입술이 갈라지며 끝내 핏덩이를 살짝 찍어 놓는다
    붉은 꽃대궁이 도톰하다

    붓놀림에 그녀의 입술도 덩달아 벌어진다
    일 년을 기다렸으나 넌 열 달도 못미쳐 꽃숨을 드러냈다
    그동안 아이 발길질에 멍도 들었겠다만
    지아비를 핑계 삼아 붓을 함부로 뭉개진 않았을 터
    날숨을 포기하려던 동틀 무렵까지

    열여덟, 발악하는 열대야를 온몸으로 부채질하느라
    이파리가 갈가리 찢겼다, 밤새 물집인지 말줄임표인지
    땀방울이 붓끝에 송글송글하다

    잎도 없이 꽃숭어리를 뭉친다는 것은 아름답고 처연한 일
    저 붓끝에서 분홍빛 새벽이 만개할 것이므로
    여인은 햇살에 손을 녹이고 아이는 젖꼭지를 빨 것이다

붓이 처박힌 자리마다 상사화가 만발이다
치마폭 열 발가락에 꽃물이 범벅이다

창밖, 풍경을 오려 액자에 단단히 건다

- 「상사화에 대하여」 전문

텃밭의 철학

노후, 소일거리에 자연 벗하는 즐거움
텃밭이 철학이라니 쉽게 덤벼들지 못해

가끔 로컬푸드에 간다. 로컬푸드는 우리 입맛에 맞는 전통 먹을거리를 위주로 지역 농수산물 생산과 소비 촉진을 위한 작은 유통시장이다. 품질도 우수하고, 향긋한 땅 냄새를 맡을 수 있으며, 덤으로 싱싱한 친환경 농수산물을 싸게 사고 생산자 실명제 도입으로 믿을 수 있어 좋다.

친환경 농사법으로 먹을거리를 생산하는 일은 가족이 참여하는 텃밭 농사의 열린 개념이자 목적과 일맥상통한다. 그러기에 텃밭 농사도 경험의 철학이 매우 중요하다. 최근 귀농·귀촌 인구가 늘어나고, 도시 근교를 중심으로 텃밭 열풍이 일고 있지만, 텃밭을 가꾸는 일도 농사요, 부지런한 일꾼이어야 하며, 노동집약적 산업이라는 걸 인식해야 한다.

정직한 자연에서 얻을 수 있는 세상 사는 맛과 이치, 노동의 가치를 음미하기 위해 많은 사람이 땅의 낭만을 찾아 나서고 있다. 아마도 텃밭이 주는 즐거움은 하늘이 주는 값진 땀의 보상이라는 걸 이미 알았거나 알고 싶은 사람들일 것이다. 텃밭 가꾸기가 취미 생활을 넘어서 휴식과 소통의 매개 역할을 하고, 생명의 고귀함이나 자연에 대한 경외감을 깨닫게 하는 공간이 될 법하다.

새벽부터 잡초를 뽑고, 고랑에 물을 넣거나 해충을 잡고, 이것저것 건사하다 보면 금방 저녁이 온다. 그러니 텃밭의 성패는 잡초 제거와 물 주기에 달려 있다고 해도 과언이 아니다. 그도 그럴 것이 뽑고 돌아서면 금방 무성해지는 게 잡초의 생리이며 근성이다. 반드시 손으로 통째 뿌리를 뽑아야 후환이 덜하고 잘 털어 말려야 뒤끝이 깨끗해진다. 그러니 주인이 잦은 외출 탓을 하거나 게으름 피우면 땅에 호통 맞을 일이요, 조리법에 익숙한 해충 먹잇감이 될 게 뻔하다.

자연 친화적 텃밭 가꾸기가 가족의 건강과 사랑을 지키고 자녀의 바른 인격 형성에도 도움이 된다고 한다. 땅에서 만나는 행복과 건강을 담은 참살이의 표징처럼 평가하기도 한다. 과대 포장된 느낌이지만 어쨌든 많은 사람이 주말농장이나 텃밭 있는 전원주택에 눈이 꽂혀 있으니 말이다.

몇 평의 손바닥에서 나오는 결실과 수확의 기쁨을 만끽하기 위해 저마다 텃밭 가꾸기를 꿈꾼다. 나도 감당할 만한 크기의 텃밭과 등을 눕힐 만한 이부자리만 있으면 좋겠다는 생각이나 현실은 그렇게 만만치 않다.

텃밭 가꾸기가 노후의 소일거리이자 자연과 벗하는 즐거움이 아무리 크더라도, 텃밭이 철학이라니 내가 쉽게 덤벼들지 못하는 이유다. 그렇다고 언제까지 미루고 있을 일도 아니기에 오늘도 철학이 숨 쉬는 텃밭을 찾아 나선다.

텃밭, 정말 주인의 발소리를 먹고 자랄까?

당신은 중산층입니까?

선진국, 비평지, 요리, 악기 연주에 방점
비평적 안목으로 사회정의 세우자는 의미

'당신은 중산층입니까?'라는 질문에 대한 대답이 무엇일지 궁금하다. 중산층의 개념이 아직도 명확하게 정립되어 있지 않지만, 일반적으로 고소득층이나 빈곤층은 아닌 그럭저럭 살 만큼 살아가는 부류라고 하기도 하고, 세계적인 유명 제품 구매력을 갖고 국제 수준의 교육을 원하는 계층이라 일컫기도 하고, 사회적 문화 수준이 중간지대로 스스로 중산층이라고 자부하는 사람들도 있다.

OECD 기준에 의하면, 중산층은 가구 소득 기준 25~75% 범위에 속한 계층이다. 이 지표는 단순히 소득액을 물질적 가치로 환산하여 구분한 것인데, 중위 소득 기준 25% 미만은 빈곤층, 그 이상인 가구를 고소득층으로 분류하고 있다. 그런데 경제적인 소득 지표만으로 중산층을 분류하는 우리와 달리, 선진국에서는 반드시 사회·문화적 가치를 판단할 수 있는 주요 항목을 포함하고 있다는 사실에 주목해야 한다.

문화와 예술의 나라 프랑스는 외국어 활용 능력, 즐기는 스포츠에, 연주 가능한 악기와 요리 실력, 깨어 있는 시민 의식, 사회적 약자를 위한 봉사를, 영국은 신사 나라답게 페어플레이와 자신의 주장과 신념, 독선적 행동 지양과 사회적 약자 보호, 불의 · 불평 · 불법 대처 등을 지표로 삼고 있다. 미국은 자기주장, 사회적 약자 배려, 부정과 불법 금지, 정기적 비평지 구독 여부를 기준으로, 국제 민간 경제회의체인 다보스포럼에서는 스스로 중산층이라 생각하는 정신적 의지가 중요한 지표가 된다는 의견을 내놓았다.

우리의 중산층 기준을 살펴보면, 자가 및 자가용을 소유하고 자녀를 사립대학교에 보낼 수준이 되어야 하며, 5~7천만 원가량의 연간 소득이 되어야 한다. 이를 경제적 가치로 환산하면, 부채 없는 아파트 30평 이상과 월 5백만 원 이상 급여, 2천cc급 이상 중형차를 타야 하고, 1억 이상 저축액과 매년 해외여행이 가능한 자여야 한다. 그런데 아이러니하게도 조선 시대 중산층 기준은 탈물질적 가치를 추구하는 서적 한 시렁, 거문고 한 벌, 햇볕 쬘 마루, 차 달일 화로, 봄 경치를 찾아다닐 나귀 등을 꼽았다니 오늘날과 비교하면 달라도 너무 다르다.

우리의 중산층 기준은 선진국과 현저한 견해 차이를 보인다. 재미있는 것은 선진국일수록 비평지 구독, 요리 능력, 악기 연주 등과 같은 사회 · 문화적 활동에 방점을 찍고 있다는 것이다. 물론 경제적 여건이 뒤따라야 가능한 일이겠지만 중산층을 가르는 척도가 사뭇 다르다. 우리도 요리나 악기 연주는 향유인구가 늘어나는 추세지만 정치 · 사회 · 문화비평에 관심을 두고 전문잡지를 구독하는 사람이 얼마나 될지 궁금하다.

복잡다단한 사회일수록 현실을 냉정하게 바라보는 사회 · 문화적 비평이 필요하다. 그 안목을 넓히기 위한 수단이 사회 비평적 책 읽기라면 비평지 구독은 좋은 방법의 하나임에 틀림없다. 결론적으로 민주시민으로서 사회정의 실현에 참여하고, 공존을 위한 사회적 연대 의식을 강조한 지표라 하겠다.

사회 · 문화적 가치를 앞세우는 선진국과 경제적 가치를 추구하는 우리와 비교할 때 많은 생각이 드는 건 어쩔 수 없다. 희망 사항이지만 그렇다고 의기소침할 일도 아니다. 동서양을 막론하고 풍요로운 삶을 위한 사회 · 문화적 가치 창조나 존중과 배려의 문화를 다지자는 뜻으로 읽혔으면 한다.

중산층, 건강한 삶을 위한 필요충분조건이 무엇일까?

열다섯 살

눈물방울, 채 털어 내지 못해
부러진 앳된 얼굴, 열다섯 살

'앳된 얼굴의 소녀는 닳고 때가 탄 단벌의 옷과 신발, 검은 봉지에 담긴 몇 가지 옷만을 남기고 거리에서 짧은 생을 마감했다.'

작년 가을인가 어느 조간신문 사회면에 보도된 기사 일부이다. 집을 뛰쳐나온 여자아이가 노숙 생활을 전전하다 굶주림으로 숨을 거뒀던 일이 신문 한쪽 구석에 실려 있었다. 믿기질 않았다.

지금은 배고픔으로 생을 마감할 수 없는 세상이 아니기에. 치명적인 독이라면 몰라도. 배고픔도 병이라면 병이다. 악성종양보다도 무서운 병일 수 있다. 죽는 일보다 굶는 일이 더 혹독하고 잔인한 아픔이기에 그렇다. 밥 먹듯 굶지 않았다면 노숙이 아니었을 것이다.

아무리 어리다 해도 굶는 것은 참을 수 있지만 입고 신는 일은 포기할 수 없는 일 아닌가? 그래, 정말 가고 싶었을 게다. 버림받은 시간과 버림받고 있는 시간과 또 버림받아야 할 시간이라면 더 빨리 가고 싶었을지도 모른다. 그러나 악착같이 살고도 싶었을 것이다. 그렇지 않았다면 거리를 떠돌지 않았을 것이다. 때아닌 이른 한파도 만나지 않았을 텐데 말이다.

그런데 그게 뭐야? 검정 비닐봉지에 옷 몇 가지 유서처럼 넣고 다니면서 손 시린 세상을 향해 한마디 없이 그렇게 가 버렸으니 가난한 세상을 죽도록 원망했을 것이다. 험한 세상 지푸라기 하나 잡을 수 있는 끈이 없었기에 제 목숨을 지푸라기처럼 놓아 버린 것이다.

왜 운동화는 신고 다녔을까? 그냥 맨발이었으면 가는 길이라도 가벼웠을 텐데, 피자였을까? 새 옷이었을까? 엄마였을까? 아니다. 저 컴컴한 아스팔트 위에 무심히 굴러가고 있을 검정 비닐봉지였겠다. 목숨 없는 목숨도 저렇게 거리를 누비고 있는데 말이다. 눈물방울 채 털어 내지 못하고 부러진 앳된 얼굴의 소녀, 열다섯 살.

저녁 뉴스를 접했다. 감사원 감사 결과에 의하면 사회복지단체가 선량한 서민들을 앞세워 기탁했던 성금을 유용했단다. 사적인 용도로 호주머니에서 줄줄 새고 있었단다. 더하여 모금회 연간 운영비가 수백억에 이르고, 임원 보수는 월 1억에 가깝다는 사실이 밝혀졌다.

참, 아이러니한 세상이다.

분꽃과 장독

꽃봉오리, 똬리 튼 장독과 앙상블
이슬 먹은 꽃뱀 만난 것 같은 착각

분꽃 화창한 시간이 지나가고 있습니다. 계절은 어김없이 공전을 거듭하고 바람도 소슬하여 생장점도 점차 무디어 갑니다. 자생력이 뛰어나단 핑계로 어디서든 잘 자라는 분꽃에 눈길이 가는 이유는 화려한 맵시도 그렇거니와 배불뚝이 장독 곁에 똑똑하게 피어서입니다. 옹기종기, 장독 틈새로 살포시 고개를 내민 모습이 여간 낯익어서 가까이 다가가다 뒷걸음질입니다. 선홍빛 나팔 모양의 꽃봉오리들과 똬리를 틀고 있는 장독과의 앙상블이 이슬 먹은 꽃뱀을 만난 것 같은 착각을 불러일으킵니다.

시골에나 가야 볼 수 있는 이 간결한 풍경이 소박미의 극치라면 두 물건이 보여 주는 협응은 공생 관계의 최대공약수라고 부를 만합니다. 여기에 시원한 지하수를 퍼 올리는 작두샘이라도 같이 놓였다면 유년의 풍경으로 멋있게 다가올 텐데 말이지요. 시원한 샘물에 등목을 치거나 발을 담그던 시절, 삼복더위도 깜짝 놀라 줄행랑쳤던 때가 새삼 그리운 건 시간 때문만은 아니겠지요. 거기에 고막 껍질이나 사금파리가 사방연속 무늬로 널려있다면 감칠맛에 운치는 배가됩니다. 그나저나 올여름 땡볕 더위에 고장 난 선풍기 돌리느라 고생입니다.

이맘때, 남쪽 섬마을 분교장 울타리에 불꽃처럼 심지를 돋우던 분꽃들이 생각납니다. 누가 심었다는 표식은 없었지만 분분한 꽃을 들여다보노라면 지끈거리던 머릿속이 개운해질 정도였으니까요. 빛깔이 다양하고 기세가 등등하여 섬마을 전체를 압도하고도 남았습니다. 생각해 보면 학교 이름을 분꽃 학교로 불렀으면 감흥이 많이 묻어났을 텐데요. 이십 년이 흐른 지금, 울타리 너머 담쟁이 넝쿨처럼 기어 올라갔을 분꽃들이 운동장을 점령하지 않았나 궁금합니다.

분꽃은 학명으로 'Four O'clock'을 의미합니다. 오후 네 시면 어김없이 핀다는 시계와 같은 꽃입니다. 색감이 요란한 나팔 모양의 꽃들을 보며 마음이 소란하거나 바쁜 시간에 쫓길수록 눈 호강이라도 해야겠습니다. 혹시, 짙푸른 바다를 배경에 두고 분꽃과 겹친다면 명시 높은 풍경이 불꽃처럼 선명해 보이기도 하겠지요. 생명의 신비와 자연에 순응하는 풍경을 보면서 이제부터라도 겸손한 마음으로 살아야겠다는 각오를 몇 번이고 합니다.

옹기는 도공의 손과 머리로 빚어낸 명작입니다. 도공의 혼이 깃들고 기를 결집했으니 소산물의 가치가 높습니다. 장인이라고 부르는 이유도 손끝에서 빚어내는 자유로운 영혼에 대한 외경 때문이겠지요. 투박한 질감에 단순한 무늬, 두리뭉실한 외모에서 뿜어내는 기품이야말로 가난한 이 땅의 서민 정서에 닿아 있는 것 같아 아름답기만 합니다. 그렇게 구워 낸 옹기그릇에 구수하게 끓여 낸 토장국을 담아내면 군침 흘리지 않을 사람 없습니다. 흙, 장작, 불가마의 열기를 삼켜 버린 장독이 분꽃 무덤 사이로 언뜻 보이는 아침, 농촌이 이리 간결하여 아련합니다.

지리산 피아골 계곡은 아직 초록 냄새가 채 가시지 않았습니다. 매웠던 가뭄 탓인지 모르겠으나 직전마을 지붕의 누런 호박이 넝쿨째 뛰어내릴 작정인지 모둠발 자세입니다. 곧 상강(霜降)이 방문객처럼 찾아오면 부지깽이가 뛸 정도로 바쁜 시간과 함께 가을은 또 멀리 달아나가겠지요. 한 해의 결실을 거둬들이는 시끌벅적 축제, 만국기가 펄럭거리는 단풍 붉은 세상입니다.

분꽃과 장독, 시골 향기를 뿜어내는 소박한 풍경, 찾아 나서보시지요.

투명가방끈

가방끈과 비례, 출세의 지름길
달콤한 환상에서 이제 벗어나길

고등학생들로 구성된 대학 입학을 부정하는 안티 대학 모임인 '투명가방끈'이라는 단체가 있다. 성격으로 보아 획일적인 서열 위주의 대학생 선발 방식을 거부하고 대학 생활마저 부정하는 학생운동 단체다. 적은 구성원이지만 뜻을 같이하는 학생이 늘어나고 있다니 앞으로의 활동 방향에 따라 사회적 반향이 만만치 않겠다.

소수이지만 대학의 서열화에 염증을 느낀 대학생이 자퇴원을 내고 학업을 포기했다는 소식이다. 얼마 전까지 반값 등록금이 정치권의 이해득실에 가려 흐지부지되더니, 몇몇 대학생들이 스스로 대학 교육의 문제를 해결하기 위해 자퇴라는 적극적인 행동에 나섰다는 것이다.

대입 수능일이 다가올수록 이미 공부 기계가 되어 버린 수험생들이 걱정스럽다. 대학을 왜 가야 하는지 구체적인 비전도 없이 정부의 잦은 대학 입시 정책을 좇느라 입시생 가족 모두 초비상이다. 대학마다 다양한 전형 요강을 마련하여 등용문은 열어 두었지만, 입학사정관제도 본래 취지에 합당하지 않다는 볼멘소리가 들린다.

돌파구가 없는 막장 같아 답답하다. 청년실업자 50만 시대라고 하니 대학을 졸업하고도 먹고 살길이 막막하다며 대학생들이 취업 창구를 찾아 전쟁을 치르고 있다. 과연 오늘의 대학을 두고 학문을 쌓고 진리를 탐구하는 상아탑이라고 할 수 있을까에 대한 의문이 든다. 대학이라는 곳이 취업을 위한 직업훈련원 정도로 읽히는 게 차라리 속이 편하겠다.

대학 입시 준비를 위한 과열 경쟁과 이를 부채질하는 사교육 시장, 대학의 전형료 장사, 빗나간 교육정책들이 톱니바퀴처럼 맞물리면서, 학생은 꿈과 이상을 잃어버린 지 오래되었다고 해도 지나친 말이 아니다. 대입이라는 개별 맞춤식 교육 과정에 강남학파들만 존재할 뿐이다. 그 꼴 보기 싫어 이민을 떠난다는 이에게 손가락질하던 사람이 또 떠날 채비를 하고 있다.

오늘이 수능일이다. 난이도 조절에 최선을 다했으나 변별력이 부족했다는 등의 변명이 있어선 안 된다. 수험생에게 혼란을 일으킨 최종책임자로서 유감이라는 논평도 제발 없길 바란다. 교육 방송이 사교육비 절감에 이바지했다는 아전인수식 논평도 하지 말아야 한다.

투명가방끈의 의미를 되새겨 봐야 한다. 언제까지 학생과 학부모를 대상으로 대학이 무소불위의 만용을 부리는지 말이다. 적어도 학교는 모든 것에서 투명해지고 자유로워지는 날이 와야 한다. 가방끈이 길어야 출세의 지름길을 달릴 수 있다는 달콤한 환상에서 벗어날 때가 오긴 올 것인가?

투명가방끈, 어서 끊어지길 바랄 뿐이다.

참 좋소, 문척

두부김치에 산수유 막걸리 한 잔
당신 얼굴 벚꽃 낭자해질지 몰라

온 세상이 꽃 진창에 사람 범벅입니다. 가는 곳마다 벚꽃 숭어리가 통통, 팝콘처럼 튀어 오르고 섬진강변에는 이름 모를 풀꽃들이 눈을 감고도 쏙쏙 올라옵니다. 이쯤이면 화전놀이 기대감에 집마다 지독한 홍역을 앓기도 하는데요. 가슴이 두근거리거나 달아오르다 목련 이파리처럼 냅다 곤두박질치기도 합니다.

왜색이라는 질투로 벚꽃이 대접받지 못한 일면이 있긴 있습니다. 그러나 꽃을 보고 아름다움을 꿰차지 못하는 일탈을 자행해선 안 될 일입니다. 물아일체, 요즘 모든 이의 기호품처럼 칭찬받는 꽃들이 지천으로 널려 있으니 말이지요.

시인 나태주는 「풀꽃」에서 '자세히 보아야 예쁘다 / 오래 보아야 사랑스럽다 / 너도 그렇다'라고 노래했습니다. 예쁜 꽃이 바로 당신이라는데 이 직격탄을 맞고도 아찔하지 않을 사람이 있을까요?

벚꽃의 감동은 섬진강변에 있는 문척* 동해마을이 으뜸입니다. 마치 거대한 꽃뱀 한 마리가 스멀스멀 기어가는 형상입니다. 그런 강변 길가에서 누군 늦도록 풍경을 붓질하거나 꽃봉오리를 창의적으로 요리하고 있겠지요. 어떤 이는 망원렌즈로 섬진강을 끌어 앉힌 후, 풍경을 살해하는 만행을 저지르기도 합니다. 그러나저러나 착하디착한 농부의 소맷단을 파고드는 바람결이 그대로 풀꽃 향기입니다. 가슴을 후벼 판다는 말이 사월을 표현하는 중의법이라는 걸 조금씩 깨달아 가는 따뜻한 오후입니다.

언덕바지, 보일 듯 말 듯 노랑제비꽃이나 현호색이 눈길을 받지 못하는 아픔이 있습니다. 사람의 발길을 잡지 못해 안달인 풀꽃들이 벚나무 아래서 아우성입니다. 뭔 일이 그리 바쁜지 애꿎은 휴대폰에 화풀이하는 사람은 또 누구인지요. 흐른다고 그냥 강이라고 하지 말고 자잘한 생명에게도 눈을 맞추면 좋겠습니다. 연둣빛 소소한 풍경을 벗하는 일이 생명에의 외경이자 짭짤한 감흥을 돋우는 일이라는 걸 알게 될 테니까요.

일몰이어서인지 어린아이처럼 뜻 없는 공상이 엄습합니다. 내 의지와 관계없이 흘러가는 세상처럼 만만치 않았던 일상이 강물 저편으로 넘어갑니다. 낚싯대를 드리우고 나를 한참 동안 들여다봅니다. 혹시 알아요. 눈먼 황어가 스스로 내 미늘에 몸뚱이를 걸칠지도 모를 일이니까요. 연목구어라는 말이 허황한 꿈만 아니라는 걸 늘 깨우치는 삶이었으면 합니다.

---

* **문척** : 전남 구례에 있는 면 소재지

이제 강변을 밀쳐내야 할 때가 다가옵니다. 혀끝에서 주억거리던 참게탕의 개운했던 맛도 서서히 엷어집니다. 어둠에 춥지 않게 살아 숨 쉬는 강물을 다시 거둬들여야겠지요. 만개했던 벚꽃 무덤도 당신을 위해 솜이불로 고이 덮어 둬야겠습니다. 벚꽃 터널에서 감지했던 희열감을 압화의 두께로 보전하는 일까지 말이에요. 새벽안개도, 미세먼지도 모두 맑음의 징표라면 오산(鼇山)^{**}을 오르는 기쁨을 곱절로 맛봐야겠습니다.

봄, 풍경을 만나십시오. 두부김치에 더불어 산수유 막걸리 한 잔이면 당신 얼굴에도 벚꽃이 낭자해질지 모릅니다. 꽃과 물비린내, 아름다운 사람이 공존하는 곳, 문척이 두 손 들어 당신 맞이할 채비를 하고 있습니다.

참 좋소, 문척.

** **오산(鼇山)** : 문척에 있는 자라를 닮은 산

감나무 집

농부의 굽은 허리, 세월이 아니라
그놈의 온전한 대못 때문이라는 것

글쎄, 이 친구가 언제부터 이런 비루한 삶을 꿈꾸었는지 모르겠다. 바람에 버무린 들판과 이무기같이 꿈틀거리는 들길을 풀무치처럼 헤집고 다닌다. 갈잎 질펀한 논두렁에 퍼질러 앉아 밤이 이슥하도록 누구랑 속살거리는지, 그러다가 개구리울음 그치는 식경이 되면 자리를 털고 일어나는 허우대가 늘 차분해서 여유롭다. 그리고 가끔은 외로워, 외로우니까 사람이라더니 그는 분명 사람을 만나기 위해 오늘도 땅거미 짙어 대는 저녁나절, 땡볕이 달궈 놓은 들길을 따라 자전거 페달을 비빈다.

백면서생이란다. 희고 고운 얼굴에 책만 읽는 사람이란 뜻인데, 나이 쉰을 넘기도록 세상일에 아직도 경험 없는 숙맥이라고 자기를 낮추니 건방지기 짝이 없다. 장마 지면 낮은 곳으로 황토물이 폭포수처럼 당연히 솟구칠 텐데 말이다. 네 비방이라고 치자. 준마 로시난테에 걸터앉아 라만차 평원을 달리는 돈키호테의 모습이라고 하면 전혀 낯선 풍경으로 살아날 법, 풍차 마을이 소옥마을로 명찰만 바꿔 달았을 뿐이다. 혹시 주군의 용안을 좇는데 발목이나 잡히지 않았으면 하는 바람이다.

나는 그가 지금 외로워하는 이유를 모른다. 인생이 술 한 잔 사 주지 않았다고 투정 아닌 푸념도 늘어놓은 적 없다. 대여섯 평 남짓 마당 늙은 감나무에 천 년 옹이처럼 박힌 대못을 지금도 어쩌지 못하고 있다는 자괴감 때문일까? 그렇다면 자기 의무를 다하지 못한 괴로움의 표현인데, 십자가를 짊어진 야훼가 아닌 바에야 눈길 한 번에 뽑힐 못대가리가 아니어서 눈에서 일탈해 버린 것이다. 읽을 게 너무 많아 자포자기한 쇠붙이 못에서 감꽃이 창대하리라 믿고 있다면 넌, 정말 백면서생이다.

눈길 닿는 곳마다 풍경이 간결하여 좋다. 맘 두는 곳마다 소소한 꽃이 삶의 울타리가 되고 농촌의 향기가 굴뚝으로 솔솔 피어나는 마을, 이웃 할머니가 건네주신 달걀은 따뜻한 체온을 담았으니 삶을 필요도 없다. 쌉쌀한 머윗대 나물은 벌써 언덕배기에 감춘 지 오래고, 매운 고추에 잘 익은 부추김치를 똘똘 감아 밥 한 숟갈에 털어 넣는 맛이 허기의 끝에서 감지한 생의 축제라고 하니 흡사 마을 이장님이다. 아니, 텃밭에서 흙 떠먹고 저수지를 마시고 거나하게 용트림을 하는 귀촌한 총각 정도로 부르면 훨씬 낫겠다.

국밥 한 그릇 훌쩍거리며 걷다 보니 풍경에 부딪히는 워낭 소리가 짜릿하다. 버스정류장에서 이삼십 분 발품을 팔고 귀가하는 촌로의 등이 횃대처럼 구부정하다. 자고 나면 길가는 억새꽃 축제가 열리겠지. 그도 곧, 억새 휘날리는 밭두렁을 따라 처마 낮은 집으로 기어들 것이고 바람도 뒤따라 문지방을 넘어가겠지. 한 손에는 책을 들고, 한 손에는 노을을 들고, 감나무 늘어진 그림자처럼 어둑어둑 젖어 갈 것이다. 그땐 책갈피 깊은 고랑에 부러진 만년필 삽날이 무디게 꽂혀 있겠지.

돌아오는 길, 담장 감나무에 박혀 있던 못이 생각난다. 저녁을 같이 먹자는 동네 아저씨의 친절이 아니었더라면 눈엣가시로 박혀 핏발이 섰을 정도다. 밭두렁을 따라 두 다리로 굴렁쇠를 굴렸더니 한결 가뿐하다.

　눈치챘겠지. 농부의 허리를 구부정하게 만든 건 세월이 아니라는 것, 새벽을 알아차린 저수지 물안개는 더욱 아니라는 것. 하늘에 박혀 감나무가 되어 버린 그놈의 온전한 대못 때문이라는 것을.

　　소옥마을 집 마당
　　대평상에 누워 하늘을 본다

　　대못 한 개
　　뜰감나무에 옹이로 단단히 박혀 있다

　　송아지가 꼬리를 후려친다
　　저물도록 못대가리가 허리춤을 잡아끈다

　　주인이 꼭 돌아오겠다는 표식이긴 하나
　　어쨌거나 뽑아야 할 눈엣가시

　　저러다 여럿 멍들어 문드러지겠다
　　올 감 다 떨어지겠다

－「눈엣가시」 전문

타임 아일랜드, 사도[*]

사도, 바닷길 열린 순간 잠깐
당신의 물질, 영원히 계속해야

　바닷길이 갈라진다고 했을 때, 오래전부터 바다를 집 마당처럼 여기며 살아온 당신은 배부른 사람들의 부질없는 말장난이라며 애써 외면했습니다. 모세가 당장 나타났다 사라진다 해도 상관없으며, 오로지 깊고 두근거리는 가슴을 활짝 열어 해풍을 마음껏 호흡해야 즐거웠습니다. 오늘은 무슨 영문인지 알다가도 모르겠다며 숨을 크게 내쉬더니 물질이 어렵다는 풍랑에도 낮달을 따라 자맥질에 나섰습니다.

　바다가 속살을 드러내 보이는 것은 당신의 문드러진 가슴을 수면 위로 드러내는 일만 같아 부끄럽습니다. 그렇다고 무심코 잠기다 보면 수심은 깊어져 당신의 호흡만 퍽퍽하게 할 뿐이었습니다. 잠깐의 노동이라지만 목숨을 담보로 갯것들과 담판을 벌여야 하는 당신은 밤마다 잠수병으로 앓아눕곤 했습니다. 끙끙거려야 새벽이 온다는 걸 알 리 없는 사내는 한 숟갈에 넘어가는 소주 한 잔의 성게 알이 무진장 달기만 했

---

*　**사도** : 전남 여수에 있는 섬. 공룡 유적지로 유명하다.

습니다.

타임 아일랜드, 갯바위에 줄지어 늘어선 마른 물웅덩이를 사람들은 공룡이 놀다 간 놀이터라고 했지만, 그것은 다름 아닌 당신의 눈물샘이었다는 것을 이제야 알았습니다. 사내가 뭍으로 유학을 떠나던 날, 당신은 밤새 웅덩이에 정화수를 채워 놓고 무사 안녕을 영등 할매에게 빌고 또 빌었습니다. 일 년에 딱 몇 번, 바다의 속내를 고스란히 보여 준다는 영등 시에도 바다와의 약속은 죽어서도 지키는 게 도리라며 당신은 누구에게도 바닷길을 보여 주지 않았습니다.

그해 가을은 절벽마다 해국이 무성했습니다. 동네에 경사가 있을 징조라며 서둘러 나가는 당신의 발걸음이 가벼웠습니다. 갯바위에도 따개비가 무더기로 피어났습니다. 섬들 사이로 너울이 일렁이더니 이내 당신의 가르마처럼 바다가 양 갈래로 갈라졌습니다. 휘둥그레진 눈동자 속으로 갯것들이 달려들었고, 사람들은 다투어 열린 바닷길로 뛰어들었습니다. 바닷길이 백 리도 훨씬 넘게 보였던 것은 당신의 허리를 뭍까지 길게 늘여놓은 탓입니다. 바닷길이 열린 순간은 잠깐이었지만 사람들이 빠져나간 후에도 당신의 물질은 계속되었습니다.

사내는 도심 후미진 골목 대폿집 간판에 가려 보이질 않았습니다. 무엇이 그리 즐거운지 알 수 없었습니다. 매캐한 삼겹살 냄새에 사내가 연신 코를 후벼 대자 술잔 돌리는 박수가 터지고 벽시계는 늦은 새벽에서 멈췄습니다. 건전지의 수명 탓이겠지만 주인은 새로 갈아 끼운 것이라며 억지로 바늘을 이른 새벽으로 돌려놓았습니다. 시곗바늘처럼 술잔도 잘 돌아갔습니다. 이윽고 술상에 엎드린 사내가 꺽, 꺽, 울음인 듯 신음을 토해 냈습니다. 아무도 무슨 연유 때문인지 몰랐습니다. 덩달아 주인아주머니도 소매 깃을 훔치며 사내의 등덜미를 토닥거리다가 끝내 눈물을 쏟았습니다.

'섬에서 태어나 섬에서 살다 가셨노라'는 묘비명 주변에 억새꽃이 만발입니다. 회한이듯 울음인 듯 추적추적 가을비가 댓잎에 떨어집니다. 사내가 흰 운동화를 거꾸로 신고 섬을 떠났던 날도 오늘처럼 비가 내렸습니다. 마른 물웅덩이에 가을비가 공룡의 눈물처럼 고이기 시작합니다. 들국화 같은 당신의 흰 고무신 자국에도 빗물이 고입니다.

만장이 휘날리는 바닷가, 오랫동안 사내가 눈물을 훔쳤던 건 당신이 실종됐다는 소식이 공중파를 탄 며칠 뒤였습니다.

타임 아일랜드, 어머니의 석관(石棺)이었습니다.

잠깐, 어머니를 소재로 쓴 시 읽고 가시지요.

세상일이란 한사코 결을 타야 한다며
묵은지를 쭉쭉 찢어 사기 접시에 놓으셨다
그래야 나른한 봄날에 새순이 돋고
감칠맛도 곱절이 된다고 하시며

등걸 같은 손으로 찢어야 결 또한 고와진다며
나를 말리셨던 며칠 전까지
묵은지 가닥 꽃잎처럼 내 숟갈에 걸쳐 주셨다

아내가 차려 놓은 밥상 묵은지를 찢어 보았다
어머니의 억센 힘줄이 드러났다
한 세월 거칠게 가로지른 질긴 여정이
묵은지에서 발효되고 있었다

– 「묵은지를 찢으며」 전문

제 4 부

풀꽃이 아름다운 이유

풀꽃이 아름다운 이유

> 한결같이 풀꽃이 아름다운 이유
> 흙까지 깨끗이 털어 말린 죄 용서

세상에서 가장 아름다운 것이
무엇이냐고 물었을 때
한결같이 풀꽃이라고 대답하는 까닭은
아름답기라기보다
향기라기보다
풀꽃이라는 걸 미처 깨닫기도 전
뿌리째 뽑아
흙까지 깨끗이 털어 말린 죄를
용서하기 위해
밤새 불평도 없이
지천(地天)으로 피워 내기 때문이다

– 「풀꽃이 아름다운 이유」 전문

일 년 내내 사월이었으면 싶다. 굳이 왕벚나무의 따뜻한 어스름이 아닐지라도 탱자 꽃 흐드러진 돌담 울타리여서 좋다. 삶의 뒤편처럼 도드라진 꽃그늘이 햇빛에 또렷하여 환하다. 눈높이에 맞춰 바람결을 따라 걷다 보면, 눈에 밟히는 게 온갖 풀꽃들이다. 무심한 눈길 때문에 이름 모를 잡초라고 무시당하는 녀석들이 떨떠름한 기색이다. 시무룩한 표정으로 보아 눈길 한 번 맞춰 달라는 시위쯤으로 읽힌다.

　풀꽃이 아름다운 이유를 찾아보자. 지금 당장 들판이나 풀밭으로 나가보라. 잡초라며 함부로 뽑아내는 아낙네들의 손길이 봄볕에 분주하다. 가끔 잡초와 꽃들이 헷갈려 시야에 들어오는 것마다 여지없이 호미에 걸려 엎어지고 무너지지만, 그렇다고 쉬 물러날 풀꽃들이 아니다. 그 기세와 위용으로 보아 더했으면 더했지 피하거나 물러설 의지도 없다.
　인조잔디처럼 널브러진 풀밭을 잠깐 들여다본다. 개구리발톱에서 미나리아재비까지 펑퍼짐하다. 광대나물, 냉이, 들현호색, 자주괴불주머니, 봄맞이, 큰개불알꽃, 제비꽃, 뱀딸기, 긴병꽃풀, 주름잎, 지칭개, 금창초, 조개나물, 종지나물, 자운영, 살갈퀴, 젓가락나물, 장대나물, 돌나물, 양지꽃, 괭이밥, 좀가지풀, 솜나물, 민들레, 씀바귀, 방가지똥, 개미자리, 벼룩나물, 별꽃, 애기장대, 애기나리 등이 어깨동무하고 있다.
　같은 종일지라도 서식지와 모양, 잎과 색깔 등에 따라 다시 여러 갈래로 나뉘기에 그 많은 이름을 정확히 알고 부른다는 일이 어쩌면 불가능할지 모른다. 그러기에 엎드려 가만히 들여다보고 그냥 나지막이 물어보면 된다. ‘어찌하여 너희는 풀꽃으로 태어났는데도 지칠 줄 모르는 생명력을 가졌느냐고?’ 삶도 한 번이면 그만인데 줄기차게 뽑거나 쳐내도 되살아나는 생명력 앞에 고개가 절로 수그러드는 걸 어찌할 수 없다.

가랑비가 잦다 보니 세상이 온통 초록으로 나부낀다. 오늘은 들길을 걷기로 작정했더니 어느새 알았는지 연둣빛 색시들이 사방에서 쏟아져 나온다. 유화물감을 짙게 발라 놓은 듯한 유채꽃들이 연신 싱글벙글하고, 조금은 혐오스럽게 생긴 쇠뜨기 순도 도랑에 앉아 저녁놀을 쬘 채비다. 한쪽에선 농번기를 알리는 자운영 곁에 흰제비꽃들이 발꿈치를 들어 풍경을 넘겨보느라 한창이다. 그러자 노을빛 기숙사에서 빠져나온 한 무리의 여학생들이 재잘재잘 손거울로 달빛을 빗어 내린다.

아마, 저 여학생들은 수능일을 역산하고 있으리라. 어차피 풀꽃이라는 수능 과목은 없을 테고, 있다 해도 한 학기에 몰아붙이거나 포기하면 그만이다. 그러나 풀꽃 어딘가에 숨어 있을 삶의 이치를 조탁해야 할 시기가 금방 찾아온다는 걸 여학생들은 알기나 할까? 철학적 사유가 아닐지라도 한 번쯤 인생에 대한 해답을 구하는 일로 배앓이를 한다면 정말 좋을 일이다.

풀꽃 같은 하찮은 것에도 위대한 삶의 진리가 은닉되어 있다는 사실을 깨달았으면 하는 그윽한 봄, 어스름이다.

풀꽃이 아름다운 이유를 곰곰 되새겨 보면 좋겠다.

섬진강을 따라 가 보라

버리기 위해 떠나는 자기 용서 과정
여행, 시동 걸어 당장이라도 떠나라

'지금 당신은 우리나라에서 제일 아름다운 길을 달리고 있습니다.' 수년 전, 베스트셀러에 올랐던 나의 문화유적답사기에 소개된 섬진강 길을 찬미한 말이다. 한국의 아름다운 길 3선의 하나로 꼽히는 이곳, 생활에 찌든 각질을 걷어 내고 삶의 활력소를 불어넣기 위해 길을 떠난다.

계절마다 달리하는 꽃 터널 사이로 섬진강물이 색색의 꽃물로 채색되고 끝내 물감처럼 풀어지는 노을이 지리산 허리를 감고 돈다. 봄이면 벚꽃 터널이 으뜸이요, 여름에는 넉넉한 안개 품에 노랑원추리가 만발하여 속을 끓이는 곳, 가을에는 배롱나무가 삼색 빛을 발산하여 오가는 이의 발길을 심란하게 만든다.

마이산에서 발원하여 곡성, 압록을 거쳐 하동포구로 이어지는 섬진강은 어느 시인의 말대로 아무리 퍼 가도 마르지 않는 전라도의 한이 흐르는 강, 어머니의 따뜻한 젖가슴에 비유하였고, 때로는 사랑하는 여인을 위해 들려주는 세레나데의 선율 같은 물길이 굽이치는 강이라고도 노래하였다. 1급수에서만 산다는 버들치, 은어며, 누치, 쏘가리, 갈겨니, 참게에 황어 등이 서식하는 천혜의 민물고기 전시장이다.

연어의 회귀 장소이기도 하여 사시사철 맛과 멋이 어우러진 물리지 않는 풍경과 별미가 풍성하다. 땅거미 질 무렵, 잔잔한 수면 위로 잘게 부서지는 노을은 대바구니에 싸 놓은 잘 익은 복숭아 쪽 빛깔이니 한 입 베어 물어 강물에 띄우면 그냥 물결로나 흘러, 흘러가는 도원(桃園)이다.

가을 섬진강의 백미는 단연 배롱나무의 열병이다. 조선 초 문장가요, 서화가였던 강희안은 그의 저서 『양화소록(養花小錄)』에서 배롱나무를 가리켜 '비단 같은 꽃이 노을빛에 곱게 물들어 사람의 혼을 빼앗는 듯 피어 있으니 그 품격이 최고다'라고 칭찬하였다.

동시대의 성삼문은 '지난 저녁 꽃 한 송이 떨어지고, 오늘 아침에 한 송이 피어 서로 백일을 바라보니, 너와 더불어 한잔하리라'라는 목가적 풍경을 글로 남겼다. 이렇듯 한여름을 수놓는 처연한 붉은빛의 배롱나무가 섬진강 백 리 길을 따라 지금 흐드러지게 피어나고 있다.

떠나는 벗을 그리워한다는 꽃말 때문인지 배롱나무가 무리 지어 피어 있는 모습은 섬진강 길이나 담양 명옥헌 원림에 가지 않으면 여간 보기 힘들다. 이농 현상으로 인해 상주인구가 급감한 섬진강에는 그리운 벗에 목마른 사람들이 마을을 이루고 산다. 그러기에 배롱나무를 가로수로 심어 오가는 관광객들의 시선과 발길을 붙들어 매려는 심사가 아닌가 싶다. 그러나 정작 강가 쉼터에 앉아 섬진강 노을을 바람 삼아 호젓하게 배롱나무를 읽고 있는 이를 찾기가 쉽지 않다. 백 일 동안 피다 꿈결처럼 저버린다는 배롱나무의 시한부 생명을 위로할 사람이 없다는 말이다.

해지는 섬진강 가에서 맑은 노을을 먹고 숨 가쁘게 피어난 꽃이 이름 모를 꽃이라고 해도 좋다. 쑥부쟁이라 해도 좋고 구절초라고 해도 좋다.

찾아가서 단 한 번만이라도 바리톤 색깔로 그 이름을 불러 주라. 두 눈에 다 담아 오기에는 내 그릇이 너무 작아 있는 그대로 언어로 풀어놓는다 한들 누가 가슴 콩콩거리며 느낄 수 있으랴. 저마다 마음 한 숟갈에 담아야 향기가 두고두고 짙게 오래갈 텐데. 오가는 길에 구례구역 앞 민물 참게탕이나 다슬기 수제비라도 한 그릇 둘러 채면 몇 달은 쓰린 속이 한결 부드러울 것이다.

웰빙이더니 이제 자연 치유에 워라밸(work life balance)이 대세다. 잘 먹고, 잘 자고, 잘 쉬어야 한다. 치유는 마음의 휴식이자 번뇌의 지우개다. 쉬기 위해 짐을 꾸려 나서려면 이것저것 챙길 것이 많은 것은 당연하다. 그러다 보니 마음만 앞선 나머지 계획만 번듯하게 세우다 그냥 되돌아오기 일쑤다. 완벽한 준비란 있을 수도 없고 있지도 않다는 사실을 명심하자.

여행의 묘미는 버린 자리를 채우기 위해 혹은 채운 것을 버리기 위해 떠나는 수행과 자기 용서의 과정이다. 조금은 불편하고 입맛에 맞지 않더라도 고행을 즐거움으로 여길 수 있는 자신에 대한 확신과 배려가 있어야 한다.

훌쩍, 떠나 보라. 백 일 동안 피는 시간이 이미 카운트다운 되었다. 이제 시작인데 하다간 낭패 보기 일쑤다. 먼저 간 사람들이 낱낱이 훔쳐 읽고 오면 늦은 사람은 틀림없이 쭉정이만 담아 온다. 자투리 시간을 긁어 모아 기왕이면 하동 화개장터도 들러 봐야 한다. 운 좋게 조영남의 노래에 젓가락 장단 두드릴 일이 생길 줄 모른다.

늦가을을 재촉하는 누런 모과와 빨간 홍시가 당신에게 유혹의 손길을 보낼 것이다. 작설차 한 잔에 지리산 벽소령 늙은 소나무도 둘러보고 돌아올 일이다. 의신골 청량한 바람에 씻은 물살에 심신을 가볍게 털고 돌아오라. 돌아오는 길이 이슥한 밤일지라도 환해질 것이니 당장 시동을 걸고 떠나 보라.

가을, 쌍계사 입구 찻집에서 누가 당신을 기다리고 있을지도 모를 일이다.

산뻐꾸기 울음 한나절 오기 전
시름 한 조각 털어 내렵니다
털어 내는 일이 팃검불 같지 않아
덖고 비비는 일에 종일 수고를 감내해야 합니다
덖고 비비는 것 또한
텅 빈 충만을 약속하는 보시라는 걸
구슬땀에 섞어 비비면
덧난 상처도 말끔히 아물겠지요
아홉 번 덖고 비비기만 해도 자바가 되는 것인지
여우비가 몰래 왔다 갑니다
덖고 비빈 녹차 몇 잎 띄우면
연초록 향기가 샘물로 솟아나겠지요
시름을 털어 낸다는 것은
말갛게 우려낸 차 한 잔 따라, 터벅터벅
걸어가는 고요한 기행입니다

－「쌍계사 찻집」 전문

기억의 숲

세월호 유가족 위로의 뜻
유사 사고 재발 방지 목적

영화 〈로마의 휴일〉로 유명한 영화배우 고(故) 오드리 헵번 가족들이 4·16 세월호 희생자와 유족들을 위해 치유의 숲을 조성한다고 한다. 오드리 헵번의 장남이 제안하여 가칭 '세월호 기억의 숲'이라고 명명된 이 프로젝트는 세월호 희생자를 추모하고, 유족들과 실종자 가족들을 위로하며, 유사 사고 재발을 막기 위한 목적이라니 세인의 관심을 끌 만하다.

1953년에 제작된 〈로마의 휴일〉은 오드리 헵번이라는 불세출의 스타를 낳았다. 이 영화로 감독 윌리엄 와일러는 통속극의 거장으로서 주목을 받았고, 촬영지였던 로마 유적지에는 하루아침에 세계인의 이목이 쏠렸다. 특히, 로마 산타마리아 델라 교회 입구에 있는 대리석 얼굴 가면은 거짓말하는 사람이 입안에 손을 집어넣으면 손가락이 잘린다는 일화가 전해지고 있다. 그게 바로 '진실의 입(Mouth of Truth)'이라는 조각상이다.

세월호 진상 규명을 놓고 한 발짝도 진전이 없으니 낯부끄럽다. 어쩌면 한국 정치의 미개함이 뒤통수를 맞은 꼴이요, 이념 논리에 묶여 눈치만 보고 있는 관련자들이 옆구리를 강타당한 느낌이다. 이념적 흑백논리나 사회적 손익을 떠나 서로가 아픔을 나누어 갖자는 의미임에 틀림없다. 그런데 사건의 당사자인 우리는 유구무언이니 연민의 정 때문에라도 그들이 먼저 희생자 추모 사업을 하겠다고 나선 것이다.

가칭 '세월호 기억의 숲' 계획을 제안한 장남인 션 헙번은 '세월호의 비극을 접하고 너무 마음이 아파 이렇게 이 자리까지 오게 됐다'며 세월호 유가족을 위로했다 한다. 함께 가슴 아파해야 할 우리는 위로는커녕 노랑 리본을 다는 일마저 이념의 정쟁 도구로 삼는 아픈 현실이다. 아직 가족 품으로 돌아오지 못하고 있는 학생들에게는 응당 책임을 져야 할 이 땅의 어른으로서 무슨 말을 어떻게 해야 할지 모르겠다.

이제 학교는 지도와 지시만으로 학생들의 행동을 바르게 견인하기 힘들게 되었다. 추상적인 이론과 현실성이 떨어진 대처 방식으론 고귀한 생명을 보전하기 어렵게 되었다.

각종 재난과 위험에 대처하는 자기 보호 능력을 길러 줘야 할 때다.

'진실의 입'에 손을 넣어선 안 될 일이다.

11월의 삽화

늦가을, 생체 리듬 저점을 통과하는 시기
지독한 이별 꿈꾸는 자 있는지 살펴봐야

추적추적 늦도록 가을비가 내린다. 이 비 그치면, 꾸깃꾸깃한 벙어리 장갑을 반듯하게 다려 놓아야 하고 셔츠 깃을 높이 세워야 한다. 따뜻한 아랫목이 그리워지는 건 찬 기운 탓이라 하더라도 모락모락 굴뚝 연기가 마을 풍경 속에 포근할 때다. 어느 집 부뚜막엔 가마솥의 또록또록한 밥알이 구수하게 익어 가겠지.

추수가 끝난 들판이 한바탕 전쟁을 치른 것처럼 횅하여 을씨년스럽다. 자연의 이치에 순응하는 농촌의 삶이 이처럼 처연해서 아름답다. 내년 봄이면 그 자리에 파룻파룻 보리 물결이 파도처럼 일렁이리라. 아직 논두렁을 환히 밝히고 있는 구절초가 저물어 가는 가을을 어디론가 한없이 끌고 간다. 수명을 다한 경운기도 두 발을 논고랑에 담가 그동안의 피로를 씻어 내고 찬바람은 온갖 여름 군상들을 무대 뒤로 밀어내며 하얀 여백을 만들 것이다. 한기에 웅크리다 보면 샐비어 꽃잎 지듯 겨울이 몰래 내리겠지.

가을 끝자락에 남는 건 까치밥 몇 알이다. 요즘은 다산의 영향으로 제품격을 잃은 존재가 되었지만, 그래도 함께 나눠야 한다는 주인의 배려에 감나무 풍경이 그윽하여 감미롭다. 까치의 잡식성으로 보아 감이 얼마나 하늘을 지탱하고 있을지 모르지만, 그때까지라도 우리는 늦가을을 풍요로운 계절이라고 애써 불러야 한다.

코끝이 시큰하다. 연극의 감동이 잔상으로 남아서라기보다 갈팡질팡 그놈의 노랑 은행잎 때문이다. 내 알량한 바퀴에 여지없이 문드러지는 삶이 아프기도 하고 어느 소녀의 책갈피에 곱게 끼여 혹한을 견뎌 냈던 때가 그립기도 하다. 바스락거리는 소리가 앉은뱅이책상에서 달아난 지 오래되어서인지 은행잎을 건네주던 하얀 손은 어디에서도 찾을 수 없다.

11월이 존재의 의미를 과시하는 건 억새의 기억 때문이다. 장흥 천관산이나 창녕 화왕산에서 만나는 억새 군락 위세에 눌려 내가 자꾸 작아지고 초라해진다. 그러나 야산이나 밭두렁에서 만나는 억새도 자연이 만들어 낸 너끈하고 융숭한 풍경이기에 숨죽여 바라다보면 가을의 백미다. 푸른 바다가 보이는 언덕 부근이라면 카메라에 곱게 담아 뒀다가 가끔 들춰 봐도 괜찮을 성싶다.

지리산 피아골 연곡사 대웅전 마당에 11월의 흔적들이 거나하다. 은행 잎과 단풍이 바람 붓으로 처마를 단청 중이고, 탐스러운 국화는 고개를 숙인 채 겨울 묵상에 들어갔다. 시멘트 바닥에 뿌리내린 노란 씀바귀의 인내도 궁금하나 살아 있는 화석을 만들어 보겠다며 숲을 뒤적거리는 관광객들이 울긋불긋 단풍이다.

만나는 사람마다 표정이 차분하여 경건하다. 11월이 뇌리에서 왜 자꾸 지워지는 시간이 되어 가는지 모르겠다. 생체 리듬이 잠시 저점을 통과하는 시기인지, 아니면 누군가 한 번의 지독한 이별을 꿈꾸고 있는지 모른다. 그래서 그런지 감각이 예민해지는 늦가을이다. 그나저나 그리스 소설가 니코스 카잔차키스의 말처럼 온몸이 촉수인 사람으로 살아가면 좋겠다.

11월의 삽화에는 아무것도 없다.

명문을 읽다

삶, 생각하는 게 아니라
찾아 행해야 한다는 진리

집을 떠날 때마다 반드시 쉬어 가는 곳, 수평선과 철로가 나란히 함께 가는 17번 국도변에 있는 노랑 충전소다. 바닷가 LPG 충전소에 커피자판기가 있는데, 삼백 원에 누릴 수 있는 자유치곤 너무 뜨겁게 민주적이어서 들르지 않으면 목에 가시가 뻗친다. 가끔 충전하는 차량으로 오해받는 일이 어색하여 될 수 있으면 멀리 굴렁쇠를 그리며 들어간다. 따지고 보면 커피자판기도 고객용으로 들여놓았으니 자주 이용할수록 좋겠지만, 종업원이 착각을 일으킬 미안함에 주저하기도 한다.

이유는 커피 맛에 있는 게 아니다. 맛도 맛이려니와 충전소 벽에 항상 붙어 있는 한 편의 글 때문이다. 적어도 한 달에 두 번씩은 지나가니까 두 편의 글은 꼭 만나게 된다. 선대의 명문부터 현대 시편까지 붓으로 흘리듯 그어 놓은 획이 추사체는 아니라도 예사롭지 않다.

정호승의 「봄길」을 시작으로 여름에는 박목월의 「나그네」, 가을에는 정지용의 「향수」, 겨울에는 문정희의 「한계령을 위한 연가」 전문이 붓글씨로 내걸려 있었다. 때론 소동파의 「적벽부(赤壁賦)」 일부까지. 전시장이

노천이고, 작가 또한 무명이기에 작품이라고 부르기에 부족하다는 말은 연세 든 종업원의 겸손한 말씀이다.

자기가 취미 삼아 쓴 글씨라며 애써 손을 가리지만 내 눈에는 분명 작품으로 읽히니 어쩔 수 없다. 길을 가는 나그네의 눈을 호강하게 해 주는 데 이보다 더 좋은 전시회가 어디 있냐는 게 내 주장이다.

작품이란 게 별 대순가. 붓끝에서 나온 글씨나 그림, 쓰거나 그린 사람의 각고의 노력이 묻어 있으면 됐지 작품성 운운은 나중의 문제다. 더욱이 노령에도 화선지를 친구 삼아 충전소 한쪽 창에 붙여 놓고, 오가는 손님들에게 감상 기회를 주는 일이 나그네에게 베푸는 당신의 배려 같아 아무리 바쁜 길이라도 꼭 들여다본다.

누가 됐든 해 보지 않은 생소한 일에 먼저 뛰어들기란 쉽지 않아 나서기가 부담스럽다. 평생을 배우고도 모자라 무덤까지 가지고 간다는 학문은 그 끝이 없을 텐데 모르면 묻고, 묻기 위해 무엇이 되었든 부지런히 움직여야 한다. 나는 시간도 재주도 없다는 말은 본인을 위해서도 아무런 도움이 되지 않는다는 걸 알아야 한다.

내가 좋아하는 명문을 찾아 읽고 음미하는 시간을 가져 보자. 삶을 윤택하게 하는 일이 사회적 지위나 물리적인 요건 충족만이 아니라는 사실은 다 안다. 자신의 삶이 더욱 풍요로워지려면 욕망의 바다에 과감히 뛰어들어야 한다. 삶은 생각하는 게 아니라 찾아 행해야 한다는 사실을 새겨들어야 한다.

행여, 내게 명문 아닌 명문을 남기라면 모 신문 신춘문예 당선작품 「새의 낙관(落款)」을 들고 용기 있게 나가겠다.

새들에게 있어서
낙관이라는 습관은 오래된 풍습이었다
문신을 새긴 암벽마다 둥지가 되었고
뜨뜻한 아랫목이 되었으므로
발톱을 날카롭게 세우고 부리를 비벼 족적을 남기는 일은
축제일 수밖에 없었다

그러나 족적이란 새들의 풍향계였다가도 천적에게는
눈물일 수 있는 것
바닷가 익룡 발자국 또한 그러했으리라

묵화 한 점 쳐 놓고 낙관할 여백을 놓쳤다
자작나무 숲 물안개 사이로 새들이 까맣게 앉아 있었다
그루터기마다 태점(苔點)을 찍어 놓은 듯했다
부리는 날카로웠지만 발톱은 무뎠으니
새벽이 되도록 칠흑의 어둠을 방황해야 했다

돌아갈 곳 없는 묵화 속 새들
강물에 먹물로나 풀어져 쪽배마냥 흘러가길 기다렸다
딱딱거리는 딱따구리는 한 칸짜리 초가집이 전부였으니
헛간이라도 한 곳 덧댔으면 좋으련만

이미 붓을 말끔히 빨아 버린 뒤였다

한 무리의 새들이 화선지 밖으로 벗어나려는 찰나였다
잠시 흐름을 멈춘 강물 위에 낙관을 찍었다

푸드득, 새들이 도처에서 힘차게 솟구쳐 올랐다

- 「새의 낙관(落款)」 전문

일몰, 사라져야 할 것들

땅콩 갑질, 뭇매 맞을 사안
환부 도려, 새살 돋게 해야

썰물처럼 한 해가 빠져나간다. 일상은 자연의 법칙에 순응하며 잘도 돌아간다. 그런데 지극히 자연스러운 현상을 두고 우리는 쉽게 흥분하고 아쉬워한다. 행복은 느끼는 사람의 자의적 척도에 따라 다르겠지만 긍정적 평가를 하는 일은 온전히 자기 자신의 몫이다. 아무튼, 세태의 다양성에 개인주의적 성향이 만연하여 삶의 질이 극단적으로 분화된 연말이다.

말도 많고 탈도 많아 눈물범벅이었던 한 해가 수면 아래로 가라앉는다. 잠깐의 침잠으로 인해 평온을 되찾는 시간이다. 그러나 따지고 보면 외형상의 침묵일 뿐, 보이지 않는 곳에서는 시끄럽고 몹시 어지럽다. 불만족한 세상을 향해 소리를 높이는 집단들이 추위에 꽁꽁 얼어붙어 있다. 생존권을 보장하라며 굴뚝으로 올라간 근로자들이나 폭언에 시달리며 머리를 조아리는 감성 노동자들이다.

우리에겐 땅콩이 없다며 비아냥대던 항공기가 운항 도중 종적을 감췄고, 핵심을 비켜 가는 수사 방향을 놓고 적폐를 없앤다며 목청을 높인다. 국민의 생명을 노리는 원전 해킹 협박에도 절대 안전하니 걱정하지 말라는 말을 믿어야 할지 혼돈이다. 수능 출제 오류로 인한 사회적 경비 손실은 얼마이며, 거짓말을 밥 먹듯 늘어놓는 사람들은 예산 나눠 먹기에 혈안이다. 쇼핑몰 현관 문짝이 떨어졌는데도 총체적인 안전 점검도 없이 재벌의 유체 이탈을 우연이라고만 강변하니 세밑에 구설수가 난무한다.

교육계를 강타한 공무원 연금 개악 문제, 실효성을 의심케 하는 선행학습 금지 법안이나 자사고 존폐를 놓고 학교와 교육청 간의 대립도 풀어야 할 난제다. 그러더니 느닷없이 관리자도 수업 참어를 고려해야 한다며 여론을 떠보는 진보교육감들의 의중도 도마 위에 올랐다. 아홉 시 등교 문제로 학부모 간의 의견이 여전히 엇갈리고 있어 차제에 보완이 필요한 부분이고 보면 어느 하나 만만하게 넘어가는 게 없다.

새해는 희망이어야 한다. 희망의 불씨를 들불로 피워 내야 한다. 언젠가는 뭇매를 맞아야 할 사안이라면 일찍 환부를 도려내어 새살이 돋게 해야 하고 버려야 할 유산은 다시는 발붙이지 못하게 해야 한다. 여자만 갯벌에 한 해의 노을이 질펀하다.

만사형통의 해가 곳곳에서 떠오르길 빈다.

죽순유감

인해전술, 참수당한 동료 곁
우후죽순, 또 얼굴들 내밀어

학교 솔숲이 죽순 세상이다. 하루가 다르게 땅을 헤집고 나오는 죽순의 힘이 대단하다. 우후죽순, 밤새 비를 맞더니 두서없이 활개를 친다. 걸어 다닐 수 없어 서서라도 초록 하늘을 선물하겠다는 의지가 하늘을 찌른다. 자연의 위대함에 잠깐이나마 숙연해지는 게 예의겠다.

대나무가 나무냐, 풀이냐를 놓고 식물학자들 사이에 지금도 논쟁이다. 그러나 일 년 만에 성장을 끝내는 것으로 보아 풀이라고 해도 무방할 것 같다. 하지만 줄기가 목질이고 다년생이라는 점에서는 나무라고 고집하는 것도 이해가 된다. 그래서 윤선도가 「오우가」에서 대나무를 가리켜 풀도 아닌 것이 나무도 아니라고 읊었을까?

애지중지 바라보던 죽순이 하루아침에 참수형을 당했다. 그동안 죽순을 채취하는 꾼들에 의해 여러 차례 남획당했다는 이야기는 들었지만 이렇게 싹쓸이를 할 줄 몰랐다. 식용으로 몇 개를 채취한 게 아니라 시장에 내다 팔기 위해 밤새 도둑이 든 것이리라 잠정 결론을 내렸다. 그런데 사나흘 걸러 불시에 침입하는 불법 채취꾼을 밤새도록 지킬 수도 없는 노릇이어서 답답한 일이다.

밤의 침입자에게는 달 보고 짖는 개도, CCTV도 무용지물이다. 오로지 돈만 된다면 숲을 통째로 거둬 가도 눈 하나 깜짝하지 않을 사람들이다. 훔쳐 가는 사람을 잡을 수 없지만, 양심이 있다면 그래도 대나무로 자랄 수 있도록 드문드문 솎아 갈 줄 기대했던 게 잘못이다. 파헤치고 벗겨진 채, 톱날에 잘린 죽순 껍질들이 수북하게 쌓여 있다. 참수 현장 그대로다.

죽순밭으로 걸어 들어오는 중년 부부를 만난 것은 점심 무렵이었다. 우연한 만남이 어색했던지 눈빛이 수그러들었고 묻지도 않는 대답으로 얼렁뚱땅 얼버무렸다. 참 당신은 나쁜 아주머니라고 혼내야 할 텐데, 딱히 할 말이 없어 옹색하다. 막말은 있으나 아주머니를 나무라기에는 내가 너무 작아 보였다. 그 남편에게 학교 울타리를 넘지 말라는 당부 말곤 더 할 말이 없었다.

참수당한 동료 곁에 봄비도 없이 죽순이 땅을 비집고 군데군데 또, 얼굴을 내민다. 인해전술도 아닌데, 각질을 뚫고 참수형을 받기 위해 스스로 형장으로 걸어가는 듯한 기세니 무던한 죽순들이다. 뻔한 자살 행위라는 건 알겠지만 어쩔 수 없이 내버려 둘 수밖에 없으니 죽순에 대한 미필적 고의에 직무유기인 것 같아 마음이 편치 않다.

남획을 당한 지 몇 년째란다. 숲속 사정에 밝은 사람이 죄의식 없이 여러 해 동안 저지른 일이다. 불법 채취 경고가 식기도 전에 이번에도 어김없이 난자당했다.

제발, 오월만 무사히 넘어가자.

카톡의 힘

전동차, 전기의 힘이 아닌
카톡의 힘으로 굴러가는 듯

촌놈, 저녁 지하철에서 뒤통수를 한 방 맞는다. 무심결에 꺼낸 조간신문이 부끄럽다. 떨어뜨렸다 다시 줍는 순간 객차 안이 불빛으로 환하다. 불빛 아래 고개 숙인 승객들의 손가락이 분주하다. 무엇이 그리 심오하여 저토록 사람들을 바쁘게 하는지 회색 도시에서 만나는 무채색 표정들이 칸마다 즐비하다. 당연한 지하철 저녁 풍경이지만 저마다 고개를 떨어뜨리고 미동도 없이 부산을 떤다.

옛날 같으면 신문이나 잡지, 책을 읽고 있는 풍경이 들어왔을 테다. 그러나 스마트폰에서 필요한 정보를 얻기 위해 남녀노소 모두 눈을 떼지 못하고 있다. 머리를 핑처럼 박고 있거나, 눈을 지그시 감고 음악에 빠져 있거나, 누구에겐가 메시지를 보내거나, 심심풀이 오락을 위해 화면에 눈을 맞추고 있다.

언제 어디서나 정보가 나뒹굴고 자유롭게 대화가 이루어지는 세상이다 보니 생각의 쉼표가 없다. 다채널 통신이 가능한 스마트폰이 자투리 시간을 통째 갉아먹고 있다. 마치 적지에 뛰어들어 승기를 흔드는 점령군처럼 스마트폰 앞에선 모두 기세가 꺾인다. 인간이 만든 문명의 이기 속으로 비명을 지르며 침몰하는 것이다. 점령군이 아니라 백기 투항에 무장해제당하는 모습으로 말이다.

그러니까 전동차는 전기의 힘이 아니라 승객들이 돌리는 카톡의 힘으로 굴러가는 듯한 착각을 일으킨다. 어쨌든 손가락만 있으면 달나라까지 갈 전력을 생산하고도 남겠다. 기껏해야 한두 분의 노인들이 낯익은 풍경을 뜻 없이 바라보고 있다가 일어난다. 누가 옆에 앉았다가 떠나가든 애당초 관심은 없다.

친구는 카톡 중이다. 집에서도, 교실에서도, 오가는 길에서도 앞만 보고 무조건 두드린다. 하나가 아니라 열이어서 더 걱정이다. 인터넷 중독에 따른 학생들의 정신적 폐해가 여러 차례 보고된 바 있고, 그 심각성 또한 단순한 질환이 아닌 환각에 이를 수 있다는 결과도 나와 있다. 이쯤 되면 이제는 스마트폰 폐해를 막기 위해 대대적인 자정 운동이라도 벌여야 할 판이다.

집중을 넘어 몰입도가 얼마나 센지 목적지를 벗어나는 일이 흔하다. 서너 정거장을 지나치거나 아예 종착역까지 갔다 되돌아온 예도 다반사다. 몇 번 양보해서 낭만적인 악성 나르시시스트라고 비하하더라도 되돌아오기 위한 시간을 또 소모해야 한다. 시간에 쫓기는 사람들일수록 시간을 따라잡아야 하니 시간을 도둑맞은 셈이다.

충동 조절 능력이 부족한 학생일수록 스마트폰 폐해가 더 심각하다. 한시라도 문자를 보내지 않으면 왕따 당하는 기분이라니 어이없는 일이다. 폭력과 범죄 도구로 이용되고, 친구, 가족의 단절까지 초래하는 스마트폰이 학생들의 혼과 기를 갉아먹고 있다.

백일홍이 만발한 도심 공원에 구름이 내려앉는다. 어김없이 그곳에도 고개를 숙인 학생들이 스마트폰에 열중이다. 부러 자동차 경적을 울리지만, 메아리가 될 리 없다.

고추잠자리, 앉았다 금세 자리를 털고 일어선다.

용눈이오름

혜원, 미인도를 보는 듯한 신비한 풍광
자연의 예지에 고개 저절로 수그러들어

　용와악(龍臥岳), 용눈이오름의 다른 이름이다. 이 용눈이오름 산마루에
허리케인급 폭풍이 몰아치면 어떻게 될까? 미안한 말이지만 반드시 산등
성이에 올라 봐야 답을 찾을 수 있다. 온몸이 무너지지 않은 게 다행이니
용눈이 바람의 소용돌이 앞에 아무리 용을 써도 바로 설 자 별로 없다.
그러니 바람에 여지없이 문드러지기 전에 낮은 포복을 감행하는 억새에
귓속말로 생존법을 물어야 한다. 아니면 남쪽 바다를 밤낮으로 돌리고
있는 풍차에게서 조언을 얻어야 한다.

　겨울 용눈이오름을 만든 것은 바람과 풀잎의 노고다. 두 물체에는 거친
세파에도 난세를 너끈히 이겨 내는 삶의 철학이 용해되어 있다. 바람이
낳은 언덕에 풀잎이 녹아들어 한 편의 풍경이 탄생한 것이다. 요절한 사
진작가 김영갑이 용눈이오름을 안방 드나들듯 했던 이유도 여기에 있다.
평생 바람 곁을 떠나지 못하고 오직 용눈이오름에서 섬의 사계절을 카메
라에 담았던 그였다. 그의 작품에서처럼 너울너울 방향을 가늠하지 못해
쩔쩔매는 뭉게구름이 용눈이오름 중턱을 표표히 떠간다.

먼발치에서 조망해 보니 용눈이오름은 흡사 큰 옴박지* 형상이다. 그것도 인간문화재급 옹기장이가 평생에 한 번 빚을까 말까 하는 명품으로 태어났으니 찾아오는 사람들의 눈길을 홀릴 만하다. 기생화산이라지만 하늘로 걸어 올라가는 능선은 논개의 허리를 닮았는지 옷깃이 닿기도 전에 미끄러져 내린다. 혜원의 풍속 도첩 〈미인도〉를 보는 듯하여 신비한 풍광을 빚어낸 자연의 예지에 고개가 저절로 수그러든다.

면도질한 억새 한편으로 갈무리가 덜 끝난 어린 소나무가 납작 엎드려 있다. 등걸로 치자면 백 년은 거뜬해 보이는데 얼마나 호되게 뺨을 맞았는지 온몸이 불그스레하다. 풍차 날개도 부러뜨린다는 용눈이오름을 지배하는 바람의 손바닥이 이렇게 매울 수 없다. 바람을 등지고 모녀지간인 듯한 두 여인이 오순도순 꼭짓점을 향해 풀무질하고 있다. 억새꽃처럼 가녀리게 흔들리는 할머니가 바람에 넘어지면 어쩌나 조바심이 인다.

정상으로 오르는 길, 하늘 계단을 향한 자연 친화적 로드 매트가 오름길을 밝히는 등대처럼 쭉 뻗어 있다. 바람만 아니라면 지천으로 솟구쳤을 억새 가락에 장단을 두드리며 흥얼거려야 하나 손수건으로 입을 단단히 봉쇄한다. 중공군 모습이라고 해도 좋으니 우선 찬 기운부터 막아야 할 터. 누가 던진 농담이라 한들 지금은 구들장 같은 미지근함만 있으면 그만이다. 그런데 이 폭풍 속에 산허리를 휘젓고 용눈이오름을 카메라에 담는 분은 누구인지 몰라도 허리 놀림이 부드럽다.

길에서 만난 산수국이 선명한 압화처럼 모질게 뚜렷하다. 답사 회원으

---

* **옴박지** : '옹자배기'의 전라도 방언

로 동행한 선생님의 신코가 씰룩거리기도 하고 구두에 새 편자를 덧대려는지 김도 모락모락 피어난다. 가끔 눈에 걸리는 생태 교란 식물 서양금혼초를 발끝으로 힘껏 걷어차며 체온을 끌어올린다. 멀리 삼나무에서 날아오르는 까마귀가 오늘은 노랫가락을 실어 보내니 잠깐이나마 쉼터다.

용눈이오름, 바람과 맞서 싸우는 기개가 의연해서 당당하다.

제발 정치하지 마세요

우리 젊은이의 정신적 삶의 지주로
스티브 잡스, 마이클 셀던처럼 남길

정보통신업계 선두 주자로 평가받는 안철수 서울대 융합과학기술대학 원장의 차기 대통령 출마설에 온 나라가 술렁거렸다.

대중의 인지도나 신뢰 면에서 그의 대중적 인기를 뛰어넘을 만한 인물도 드물다. 이른바 '청춘콘서트'를 통해 시대의 아픔과 상처에 희망과 용기를 불어넣어 주는 강의로 명성을 날리고 있는 그가 청·장년층의 선호도 조사에서 압도적인 위치를 점하고 있는 것은 사실이다.

스펙 또한 화려해서 의사에 컴퓨터 백신 전문가, 사업가, 교수를 겸하고 있었으니, 그를 응원하는 네티즌의 열기는 가히 폭발적이다. 관련 주식도 덩달아 상한가로 치솟았고 너도나도 백신을 먼저 맞겠다는 사람들로 인산인해를 이루고 있다. 그야말로 '안철수 신드롬'이다.

컴퓨터 바이러스 백신을 개발하여 기업 이익의 사회 환원 차원에서 전 국민에게 무료로 공급하였고, 공인으로서의 자기 책임을 다하고자 전국 도시를 순회하며 강연회를 개최하는 등, 이 땅의 가난한 젊은이들을 위한 희망 메신저로서의 사명을 톡톡히 해왔다. 그런 그가 보이지 않는 손에 의해 차기 대통령 출마설로 매스컴의 집중 조명을 받는 바람에 기존 정치인들이 잔뜩 긴장했다.

젊은이들에게 미래의 성장 추세로 융합과학기술교육을 강조하였고, 도전을 통한 마음의 무장을 설파하는 등 기업의 CEO로서도 사회적 존경 대상이었다. 지난해는 국민으로부터 멘토로 삼고 싶은 인물 1위에 선정됨으로써 그가 대한민국 사회에서 어느 정도 인기와 존경을 한 몸에 받는 사람인지 짐작이 갔다.

그런 그가 정파에 휘둘리지 않고 참신한 이미지로 실천적 개혁을 통해 소신껏 서울 시정을 펼쳐 보겠다는 약속에 박수를 보냈는데, 이번에는 느닷없는 대통령 출마설이 나돌고 있으니 무슨 꿍꿍이인지 아리송했다.

그렇지만 개인적으로 정치판에 제발 발을 들여놓지 않길 바랄 뿐이었다. 정치판에 뛰어드는 순간 그를 그냥 놔둘 리 만무하다. 적어도 한국 정치의 정서상 줄을 서야 하고, 목소리를 높여야 하며, 이중적 잣대로 자신을 재단하다가 자기모순에 빠져드는 모습을 보고 싶지 않았다.

학생을 가르치는 교육자의 책임과 역할을 충실히 하여 이 땅에서 젊은이들의 정신적 삶의 지주로 계속 남기를 기대했고, 교수로서 후진 양성을 위해 훌륭한 교육자적 삶을 계속 살아가길 희망했다. 한국의 스티브 잡스나 마이클 셀던 교수로 남길 바라는 이유였다.

얼마 전, 독일로 나갔다던 분이 느닷없이 기자와의 추격전을 벌였다. 예상치 못한 일에 당황스럽긴 했으나 좋은 모습은 아니었다. 청춘 멘토, IT 전문가, 학자로서의 당당한 모습은 어느 구석에도 없어 보였다. 측은한 생각이 든 게 나만의 감상 거리였을까?

철수 씨, 제발 정치하지 마세요.

산수유 노랑 우체통

봄볕 알아차린 나무들의 발광체
꽃, 먼저 보이는 흥분 가라앉히라

느리게 가는 편지를 덥석 베어 먹는 우체통이 있다. 손으로 쓰는 엽서 자체가 천연기념물이 된 지금, 산수유와 눈을 맞추는 시간에 좋아하는 이에게 안부를 전하기 위해 삐뚤빼뚤 그림문자를 쓴다. 적어도 이때는 격식을 따질 필요가 없는 자유로운 세상이니 이카로스의 상상 날개를 달아도 된다. 아직 그들에겐 감성을 담을 만한 작은 그릇이 살아 있거나 밤새 누군가에게 편지를 쓰던 젊은 날의 기억을 반추하려는 사람들이다.

봄볕을 먼저 알아차린 성질 급한 나무들이 요즘 발광이다. 잎보다 꽃을 먼저 선보이는 격렬한 흥분을 가라앉히라는 충고를 듣지 않는다. 시기적으로는 매화가 산수유보다 한발 앞서 피지만 삼월 중순이면 강변은 꽃물결로 질펀해진다. 오래전, 약속이나 했던 것처럼 꽃물을 마시려는 사람들로 인해 그들의 발에 밟혀 다녀야 할 정도다. 꽃샘추위가 맹위를 떨칠수록 사람들의 발길이 잦아지는 것도 추위에 대한 적대적 감정보다는 더디 오는 봄에 대한 갈증 때문이라는 것도 안다.

산동마을이 상춘객들로 들썩거리고 있다. 밭이고, 언덕이고, 지붕이고 간에 온통 노란 숨소리뿐이다. 이끼 돌담에 팔을 걸친 산수유가 느긋하여 온몸이 나른해진다. 산수유는 이웃이 꽃을 피워야 꽃을 피우는 습성 때문인지 계곡물 소리에도 아랑곳하지 않는다. 물속 송사리 떼가 봄볕을 쬐려는지 또록또록한 버들강아지 옆에서 조잘거리며 짝지어 다닌다. 얼음이라는 독방에 묶인 몸이었기에 봄볕 따스한 산수유가 그리웠던 것이리라.

산수유는 일 년에 두 번 꽃이 핀다. 노랑 우산 모양의 꽃과 잘 익은 빨간 열매를 두고 한 말이다. 산수유가 대대적인 물량 공세를 펴서인지 꽃과 열매의 소중함을 반감시키는 점은 아쉬운 일이다. 그러나 '음을 다스리고 신정과 신기를 보하는 정력 강장제'라는 『동의보감』의 기록이 사실이라면 열매가 주렁주렁 열릴수록 더 좋은 일이다. 온통 내어주는 삶이 오렌지빛 꽃다발이니 더욱 황홀하다.

산수유 등걸에 기대선다. 표피가 얼마나 억세면 껍질이 갈라지는 수모를 당하고도 저렇게 당당한지 모르겠다. 그러기에 피어나는 꽃이 더 연민을 갖게 하는 것인가 보다. 저 셀 수 없는 꽃송이만큼 올봄을 기다리는 이들에게 정갈하고 화사한 감성으로 다가갔으면 좋으리라.

산동 상위 마을, 산수유가 무진장이다.

산수유 옆 간이우체통이 서 있어요
무슨 사연이 그리 많아 도대체 읽을 수 없어요
돌담 그림자도 붉은빛이었거든요

오전 열 시에 집배원이 우체통을 찾아왔어요
문을 열자 누군가 슬어 놓은 꽃숨들이 가득했어요
조심스레 산수유 열매를 꺼내 읽었어요
채 여물지 못한 산골 소년의 사랑이 얼어 버릴까
산할아버지의 기침 소리가 끊어질까 봐
서울로 가야 할 우편번호가 서로 뒤섞일까 봐

무척 배가 고플 거예요
기다리는 시간이 참 길기도 할 거예요
산수유 열매마저 다 털어 버리는 날
산동네에 깨끗하게 흰 눈이 그림엽서처럼 내릴 거예요
혹시 알아요, 흰 목덜미의 그녀가 불쑥 날아들지도
윗목까지 따뜻하게 지펴 놓아야겠어요
대설특보에 평생 동안 실종될지도 모르기에
집배원마저 들어오지 않는 캄캄한 세상을 위해
눈꽃을 바라보며 눈 녹을 때까지
실종된 그녀가 눈사람으로 발견될 때까지

- 「산수유 옆 간이우체통」 전문

블랙홀 그리고 디스토피아

디스토피아, 이기주의적 사회 문화

가족 해체, 정서 결핍, 가치관 부재

우리 사회가 막장을 향해 치닫고 있다. 행복은 개인이나 사회적 최고의 가치이자 유토피아다. 그러나 자고 나면 성폭행범에 묻지 마 살인 사건이 아침 톱뉴스로 도배질이다. 무협지나 삼류 소설에서 일어날 수 있는 칼부림이 대낮 길거리에서 발생하고 있다. 선량한 시민들은 불안감을 넘어 극도의 공포감으로 좌불안석이다. 디스토피아라는 블랙홀로 빠져드는 느낌이다.

초등학생이 부모처럼 믿고 따랐던 이웃에게 성폭행을 당하고, 직장 왕따를 핑계로 불특정 다수에게 칼을 휘두르고, 혼자 사는 여자의 뒤를 쫓아 씻을 수 없는 상처를 남기고도 반성이 없다. 살인을 저지르고 버젓이 범행 현장을 찾아가 증거를 인멸하는 파렴치범이나 어린 학생만을 골라 납치, 살해하여 시신을 유기하는 일이 범사처럼 태연하다. 인면수심에 모자와 마스크를 씌워 주는 한국 사회가 부끄럽다.

잔인무도한 범죄는 증가하는데 예방책은 너무 허술하여 항상 사후약방문이다. 많은 일이 그렇듯이 전혀 예기치 않은 상황에서 돌발적으로 발생한다. 연이어 터지는 성폭행에 이은 살인 사건들이 초침을 맞춰 놓은 듯 시한폭탄이다. 충분히 예견되는 사건일수록 철저히 대비하고 감시할 일인데 어찌 된 일인지 대형사건이 꼬리에 꼬리를 물고 일어난다.

발찌를 채웠다고 안심한 채 피의자의 동선 파악조차 못 한다든가, 법 시행 발효 이전에 일어난 일이라며 감시 대상에서조차 빠져 버렸다. 학교 경비를 맡겼더니 고양이에게 생선을 맡기는 꼴이 된 사건들을 보며 죄만 밉다고 용서하기엔 후안무치에 피해자의 상처가 너무 크다. 범죄와의 전쟁을 선포해도 자지러들 낌새는 없고, 도둑 하나 열 사람이 지킨다 해도 눈 하나 깜짝 않을 자들이다.

이기주의적 사고방식과 맞물려 돌아가는 사회 문화와 가족 해체 현상에서 오는 정서적 결핍이 한 원인이다. 또한, 사회 부적응으로 인한 일탈 행위와 빈부의 격차, 음란 문화의 범람, 출세 제일주의 등 가치관의 혼재가 불러온 결과다. 약육강식의 생존 경쟁에서 낙오된 사람들의 사회 부정적 의식의 확산일 수도 있다.

국가는 국민의 생명과 재산을 지켜야 할 의무가 있다. 뒷북 행정이 되지 않으려면 범죄 예방을 위한 실효적인 대책을 내놓아야 한다. 디스토피아로 가는 길이 곳곳에 널려 있어 마음 놓고 다닐 수 없는 세상이다.

디스토피아와 유토피아는 한 글자 차이다.

뉘와 돌 이야기

뉘, 쌀 속의 돌 같은 사람
주변 오염시키는 위험 인자

지금이야 정미 공정이 워낙 기계화되어 쌀에서 뉘나 돌을 찾으려면 모래밭에서 바늘 찾기만큼이나 어렵다. 그런데도 가끔 돌을 씹어 치아가 망가졌다거나 쓴 씹은 표정이 되었다는 이야기가 추억담으로 심심찮게 밥상에 오른다. 말하자면 뉘는 어느 정도 쉽게 식별할 수 있으나 밥에서 돌을 가려내는 일은 정말 어렵다는 말이다.

돌은 씹히면 한 그릇의 공양을 통째로 버려야 한다. 그러니 미안한 말이지만 조직 검사 결과로 보자면 돌은 뉘와 비교하여 종양쯤에 해당한다. 조직 문화에서는 뉘 같은 존재라 해도 자유롭진 않겠지만 우스갯소리로 돌이 발견되어선 절대 안 된다. 그러기에 밥을 안치기 전 철저히 골라내야 하고 정미 과정에서도 세심한 주의와 관리가 필요하다.

새 정부가 출범했지만, 이런저런 이유로 한 지붕 두 가족이 동거하는 불편한 상황이 계속되고 있다. 새 술은 새 부대에 담는 것이 동서양의 불변 철학이라면, 새 정부가 가지는 심적 부담감은 시간이 흐를수록 초조와 긴장으로 이어지고, 끝내 오판과 오기로 독선적 결단을 감행할지 몰라 걱정이다. 정권이 바뀔 때마다 겪어야 하는 소시민적 처지에서 보면 그렇다는 뜻이다.

청문회라는 여과 장치를 작동함으로써 각종 개인 비리나 도덕성이 여과 없이 그대로 드러나고 있다. 내정자에겐 괴로운 일이지만 국민의 관점에서는 알 권리가 충족되는 셈이다. 앞으로 고위 공직자를 꿈꾸는 사람은 무엇보다 사생활이나 주변 관리를 철저히 해야 한다는 말로 들린다. 정치권 입문을 꿈꾸는 자에겐 조롱으로 들릴지라도 우리 사회 전반에 던지는 의미 있는 경고로 받아들여야 한다.

고위 공직자로서의 사명감이나 자질은 갖추고 있는지, 지나치게 이념적 색채에 따른 편향적 사고가 있진 않은지, 자기 통제 능력이 현저히 떨어지거나 품위를 훼손시킨 이력은 없는지 따져 봐야 한다. 그중에서도 최우선으로 선후배 동료들로부터 비난의 대상은 아닌지 검증해 봐야 한다. 업무 추진 능력이나 통솔력은 나중의 문제다.

권력의 단맛에 빠져 온갖 술수로 세도를 누리려는 사람이 항상 말썽이다. 뉘 같은 사람도 그렇지만 쌀 속의 돌 같은 사람은 주변까지 오염시키는 근원이 될 수 있어 매우 위험하다. 교육계도 한국 정치의 연장선에서 읽어 보면 대충 짐작이 된다.

경계 대상은 뉘가 아니라 돌이다.

거문도[*]에서

| 미루나무 바람 무게도 가늠하고,
| 뭇 별 헤아려 보는 가을밤이 되길

붉은 노을 떨어지는 바다가 낭만이라고 했던가요. 영화 〈타이타닉〉에서나 나올 법한 짙고 푸른 바다가 당신 삶의 한 축이 되리라는 사실을 까마득히 몰랐을까요.

바다 깊이를 잴 수 없는 거문도로 향하던 날, 뱃고동에 묻혀 버린 속울음과 날벌레의 유희에 천장마저 낮았던 슬레이트 찜통 집, 아이들 걱정에 뜬눈으로 밤을 새웠던 그 날을 기억하는지요.

아이들이나 당신이나 먼바다 풍경은 처음이었지요. 함박눈처럼 퍼붓던 별들이 아니었다면 더욱 무섭고 깜깜했을 운동장 반쪽 교실, 섬 아이들의 웃음소리가 분꽃으로 만개하던 날, 한 아이가 드디어 한글을 깨우치게 되었다며 뛸 듯이 기뻐했다지요. 주저 없이 바다로 자맥질했다가 문어라며 던져 주었던 아이의 더듬질 덕에 주춤거리며 뒤로 물러서던 사람 또한, 당신이었지요.

---

[*] **거문도** : 전남 여수에 있는 섬

투명한 물빛 때문이었을까요? 달빛이 굴절되어 물거품을 일으키던 밤마다 제 살 깎아 불을 밝히는 자갈들의 애끓는 몸부림을 그땐, 그냥 그렇게 낭만이라며 웃어넘겼지요. 바람의 두께만 달라져도 잠 못 이루는 습성으로 인해 무릎 들쑤시는 며칠 밤이 지났고요. 하지만 당신 삶의 한 페이지라고 치켜세우기엔 바닷바람에 속절없이 무너지는 해송들의 몸부림이 어마어마했지요. 집 밖을 나갈 때마다 아이의 손을 꼭 붙들고 오르내려야 하는 곡예 선생님이 아닌, 그대로 엄마였던 기억까지요.

아침저녁으로 초대하지 않은 날벌레가 날아들어 고역을 치렀던 일이 생생하네요. 웬, 지네는 그리도 많은지 가는 곳마다 전차군단처럼 열병하던 지네와의 무용담을 듣자면 금세 머리끝이 쭈뼛거리기도 합니다. 천적이라고 지인이 보내 준 닭갈비를 항아리에 넣자마자 저녁 내내 고양이 울음소리가 온 섬을 호령했던 그때를 생각하면 절로 헛웃음이 나옵니다. 습하거나 어둡고, 짠물이 땀처럼 흘러내리거나, 장마 끝에 햇볕이 나온 날은 어김없이 공포 분위기가 되었으니까요. 그런데도 선생님이 천성 선생님이었던 게 지네의 생태를 연구해 보려 했던 꿈도 꾸었습니다.

언젠가, 마흔 부근이 되어 남은 건 달랑 운전면허증 하나뿐이라고 푸념 섞인 농담을 건넸을 때, 내 몸의 돌담에서 굄돌 하나가 빠져나가는 느낌이었지요. 당신의 곁불이 되지 못해서라기보단 불쏘시개 노릇마저 잊고 살았다는 미안함에 두고두고 폐부가 아렸습니다. 가끔 바람결에 건너오는 고도의 불빛에 눈이 아렸고, 여수로 향하는 뱃고동 소리에 하던 일을 그만두고 뒤꼍으로 달려 나온 적도 있었고요. 그러다가 하염없이 소낙비에 두들겨 맞던 선창의 기억마저 이젠 희미해져 갑니다.

행여, 눈에 띌세라 자꾸만 몸을 낮추던 당신, 미루나무에 걸린 바람의 무게도 가늠해 보고 짙어 가는 뭇 별을 세어 보는 편안한 가을밤이 됐으면 하오.

리플리증후군

| 부모의 우월적인 자녀관과
| 성과 지상주의가 빚은 참사

포털 사이트 검색어 상위에 오른 기사가 눈에 띄었다. '천재 소녀, 명문대학 동시 합격!'이라는 파격적인 제목이었다. 내용을 보니 빌 게이츠 버금가는 천재 소녀가 탄생했다. 그러나 곧이어 학생 아버지의 사과문이 실려 있었고, 비난과 격려가 뒤범벅된 댓글이 줄을 이었다. 그런데 이 엄청난 일이 재외 유학생에 의한 자작극이라니 충격적이었다. 한 여학생의 일탈 행위가 세계적 웃음거리를 낳은 조작 사건(Big Lie Scandal)이 터진 것이다.

거짓말이 잦으면 현실이 왜곡될 수 있다. 이른바 리플리증후군으로 명명한 이 병리 현상은 거짓을 사실처럼 인식하고 망상의 세계를 현실로 착각하는 우를 범한다. 그래서 자기도 모르는 사이 강한 집착이 고착되어 거짓을 사실처럼 인지함으로써 반사회적 인격이 형성되는 실마리가 된다. 이는 부모의 기대에 부응해야 한다는 심리적 중압감이 원인이며, 지나치게 자기 성취욕이 강한 사람에게서 흔히 나타나는 이상 현상이다.

시나리오대로 스탠퍼드와 하버드대를 동시에 합격했다면 모두에게 마땅히 축하받을 일이다. 한국인의 위상을 드높인 일이기에, 대서특필에 언론의 인터뷰가 계속되고, 출신 학교와 고향 전봇대마다 대형 현수막이 물결쳤을 것이다. 아픈 청춘들에게는 본보기로 회자하고, 부러움과 시샘으로 인해 사촌들은 몸져누울 것이지만 유감스럽게도 현실은 거짓으로 드러났다.

무엇이 어디서부터 꼬였는지 짐작은 간다. 예컨대, 본인이 최고여야 한다는 압박감을 떨쳐 내기 위해 나름 완벽한 시나리오를 꾸몄을 것이다. 여기에 부모의 우월적 자녀관과 성과 지상주의가 결합하여 대형 참사를 부채질한 꼴이다. 다름 아닌 우리 사회에 만연된 학벌 만능주의의 희생양이 된 것이다. 그렇지 않았다면, 천재 소녀라고 불리던 이 학생은 자기 비전을 맘껏 펼치는 세계적인 슈퍼 엘리트로 거듭났을지 모를 일이다.

우리 사회의 조급함과 기대에 절대 부응해야 한다는 착각이 자초한 사고다. 확인 과정도 없이 터뜨려 놓기식 깜짝 쇼를 연출해야 직성이 풀리는 언론, 공들인 만큼 유명세를 치러야 한다는 가족의 무분별한 처신, 여기에 서열 중시의 대학 입시 교육이 만들어 낸 합작품이다.

대기업들이 스펙에 관계없이 능력 위주로 신규 사원을 채용한다고 한다. 정말 그럴까? 지방대학 출신이 대기업에 입사하는 일이 쉽지 않다는 건 삼척동자도 다 아는 사실이다. 바늘귀 같은 취업 문을 뚫기 위한 학원은 성업 중이다. 아직도 좋은 학벌이 좋은 직장을 보장한다는 정설이 낭설이라고 믿는 사람은 아무도 없다. 어떤 게 진실인지 양치기 소년에게 물어봐야겠다.

지적 우월주의, 만능열쇠가 아니다.

휴㈜ 그리고 Esc

│ 워라밸, 일과 삶의 균형을 맞추려면
│ 컴퓨터, 스마트폰 아예 목 졸라 놓고

가장 맛있는 휴식이 어떤 것인지 저마다 다르다. 일단 집을 떠나야 한다는 대명제가 휴가의 전제 조건이기에 오늘도 도시를 탈출하는 인파들이 넘쳐난다. 가는 길이 막히고 불볕더위에 지쳐 목적지에 도착하기도 전에 온 삭신이 녹초가 되는데도 싱글벙글 웃음꽃이다. 아이들 등에 떠밀려 물 반, 사람 반인 웅덩이에서 물장구를 치더라도 즐겁긴 즐겁다. 삼겹살 열기에 산하가 뜨거워져도 휴가는 말 그대로, 기쁘고 신나는 일이다.

와상에 차린 두레 밥상에 앉는다. 고개를 돌리니 돌담 아래 봉숭아가 제철을 맞아 옷매무새를 단장 중이다. 소박하기가 시골 누님 같아 바라볼 때마다 편안하고 느긋하다. 자생력이 무척 강한 봉숭아는 마당 장독대 옆에서, 절간 처마 밑에서 피어나고, 초가집 낙숫물을 뒤집어쓰고도 꼿꼿한 자태를 뽐내는 게 여간 질긴 놈이 아니다.

봉숭아 하면 떠오르는 게 손톱인데 물든 주황빛이 오묘하다 못해 신비감을 자아낸다. 도저히 매니큐어가 흉내 낼 수 없는 자연의 햇살이자 숨결이기도 하여 옛 선조들이 즐겼을 현대판 네일아트다. 그런데 봉숭아 꽃물을 언제 들이마셨는지 나팔꽃 넝쿨이 벌겋게 얼굴을 내민다.

봉숭아만큼이나 여름의 운치를 더하는 게 있다면 호박잎이다. 끓는 물에 살짝 데치거나 찐 후, 조선간장에 찍어 밥 한 숟갈 떠 넘기는 맛이야말로 입맛 가신 더위를 쫓는 특별 보양식이다. 굳이 조선호박 무침만이 최고라고 당신이 고집 피울 일도 아니다.

거기에 토종 오이인 노각이 시장 좌판에 널려 있어 사람들의 시선을 끈다. 식감에 알맞은 크기가 서너 개에 천 원이니 농부의 품삯은 최저생계비에도 미칠 것 같지 않다. 생으로 먹는 것도 일품이지만 막걸리 식초 몇 방울에 얼음을 동동 띄운 냉채가 아삭아삭 씹힌다. 씹다 보면 이 여름이 후딱 갈 것이다.

여름 기호 식품 중에 가장 통쾌한 맛이 들어 있는 것으로 청양고추를 빼놓을 수 없다. 지금이야 생수가 대세지만 마중물 펌프질로 퍼낸 양은 그릇에 식은 밥을 말아 놓고 된장이나 신 열무김치를 고추에 감아 먹는 시원함이란 같이 먹다가 누가 사라진다 해도 나는 모른다.

내친김에 열무김치 이야기를 마저 해야겠다. 밥 먹다가 콧등에서 땀이 줄줄 흐르는 사람이 있다. 틀림없이 고추에 신 열무김치를 감아 먹는 사람으로 반드시 몇 번 감아서 먹어야 시원하게 제맛이 난다고 한다. 그것도 무명 밭에서 나온 열무가 맵고 쌉쓰름하여 끝내 달짝지근해지는 맛, 콧잔등이 유독 붉은 사람은 잦은 음주 때문이 아니라 매운 고추 때문이라는 것을 눈치껏 알았으면 좋겠다.

한여름에 빼놓아서 안 될 나물이 가지다. 항암 물질이 들어 있어 암 예방에도 탁월한 효과가 있다고 하는 가지는 색깔이 선명하고 윤기가 반들반들한 것이 좋단다. 수증기에 알맞게 쪄 고추장에 버무려 놓으면 풋고추, 참기름에 마늘 양념까지 함께 따라온다. 한 가지만 밥상에 더 올려보자. 칠게로 담근 밥도둑, 바로 간장게장이다. 더위 탓에 밥맛이 없다며 습관처럼 숟가락을 놓는 사람에게 특효약이다. 생각만 해도 침이 흐르는 건 석류만 아니라 칠게장도 있으니 당장 빨아 보시라.

중국 전통 선문집인 『벽암집(碧巖集)』에 '休去歇去(휴거헐거) 鐵木開花(철목개화)'라는 말이 나온다. 쉬고 또 쉬면 쇠로 된 나무에 꽃이 핀다고 했으니 새겨들어야 한다. 여름휴가가 끝나 가고 있다. 워라밸, 일과 삶을 즐기기 위해 산으로 들로 배낭을 메고 울긋불긋 가을을 채색하러 길을 따라간다. 그러나 말거나, 나는 자연 밥상이나 차려 먹고 쉬고자 한다. 컴퓨터나 스마트폰은 아예 목 졸라 놓고.

휴, 대나무 와상에 비스듬히 누워 대롱대롱 쉬어야겠다.

뉴스 없는 세상에 살고 싶다

찔린 상처, 피 묻은 아픔마저
온전한 것 없다는 걸 기억해야

눈꽃 세상이다. 주저앉을 듯 눈을 흠뻑 맞고 있는 떡갈나무의 눈꽃이 제 몸을 가누지 못해 땅에 드러누운 자세다. 세상의 모든 이야기가 결빙되어 정적이 흐르는 숲속 풍경을 카메라에 담는 사람들이 눈사람이 되어 이리저리 걷는다. 계절이 주는 선물이 너무 황홀하고 황송하다.

떡갈나무에 피어난 설화는 아예 털썩 주저앉았다. 그냥 이대로 겨울 한철 죽은 듯이 보내겠다는 심산인지 골바람 앞에서도 눈썹 하나 까닥하지 않는다. 동요하지 않는 게 온기를 오래 품는 일이라고 한 수 가르쳐 주는 모양이다. 싸리도 눈 이불에 발을 묻은 지 오래다.

자고 나면 크고 작은 사건들로 온 나라가 어수선하다. 사회적 재산 손실은 채우면 그만일 테지만 고귀한 생명이 다치거나 희생당하는 일을 어떻게 설명해야 할까. 유감스럽게도 우리의 잘못 중 하나가 일이 터지면 온 동네 부산을 떨다가도 금방 언제 그랬냐는 듯 쉽게 잊어버린다는 점이다. 누군가의 죽음으로 인해 세상이 바뀌는 일도 슬프지만 그래도 바뀌지 않는 세상은 더 슬프다.

어쩌자고 학생이 목숨을 팽개치는 세상에 살고 있는지 모르겠다. 흑룡의 해, 모두가 승천의 꿈을 꾸고 있는 사이, 이무기에 의해 난타당한 학생이 아파트 베란다에서 뛰어내리고, 계단에서 젊음을 지푸라기 버리듯 놓아 버렸다. 무엇이 사회 정의라고 가르쳤는지, 공식에 대입하여 정답이 아니면 그냥 목숨을 버리라고 부추기지 않았는지, 또래 친구를 밟고 서라도 잇속을 차린다면 폭력도 선의의 경쟁이라고 가르치진 않았는지 모른다.

학생의 일탈 행위는 많든 적든 과거부터 있었다. 문제는 집단화되고 급속히 저연령화되어 가고 있다는 점이다. 자기 정체성이 부족한 학생일수록 자신을 극단적인 상황으로 몰아간다. 우리 사회에서 의사소통 부재가 큰 원인으로 지적되고 있지만, 기성 사회의 분별없는 비도덕적 행위들이 타는 기름걸레에 부채질하고 있는 꼴이다.

피해자나 가해자나 모두 학생이라 더 큰 일이다. 폭력이 폭력을 낳고, 더 심한 폭력과 왕따가 재생산되는 악순환의 고리를 끊어야 하는데도 누구 하나 내 책임이라고 말하는 자 없다. 해결 방법 하나 제대로 마련하지 못하는 사회 지식층은 모두 죽었다고 표현해야 옳다.

학교는 정글의 법칙이 지배하는 집단이 아니다. 서로 상생하고 공존함으로써 모두 함께 어깨를 걸고 가야 할 무한 공동체다. 이제 단편적이고 일회적 행사나 방법으론 학생의 소중한 목숨을 담보할 수 없는 상황에 이르렀다.

자기 욕구 충족을 위해 물불을 가리지 않는 동안 학교마저 범죄 표적의 대상이 되었다. 적어도 학교는 모든 것으로부터 가장 안전하다는 통념을 깨뜨렸다. 학교도 범죄 사각지대에서 예외가 아니라는 걸 초등학생 성폭행 사건이 웅변해 준다.

　사건이 터지고 난 후에야 누가 누굴 달랜다고 해서 덮어질 일이 아니다. 피 묻은 아픔은 상처마저 온전한 것이 없다는 걸 기억했으면 한다. 강력범들의 공통된 행적에서 드러나듯 악의 씨앗은 확대 재생산되어 불행의 씨앗을 남긴다. 눈만 뜨면 곳곳이 사고와 비리 뉴스로 도배되는 아침이다.

　제발, 뉴스 없는 세상에 살고 싶다.

살아 있는 벽화

벽화 속 화초에 물 뿌리는 일
짙고 푸른 세상 만드는 동력원

여름이 오면 대지도 목말라 물을 찾는다. 곡식이나 채소, 화초류 등은 두말할 나위 없다. 새삼 물의 소중함을 깨닫는 시간이다. 그런데 그 귀한 물을 축대에 뿌리고 있는 사내가 있으니 지켜볼수록 궁금하다. 축대의 열기를 쫓기에는 너무 적은 양이지만 그곳을 향해 물을 뿌리고 있었으니 아마도 골목길에 꽃들이 자라고 있으리라 지레짐작할 뿐이다.

사진작가들이 산동네 아무 곳에나 들이닥쳐 초상권까지 침해하고 있다며 주민들이 하소연이다. 조용한 마을이 이런저런 작가들로 붐비는 이른바 영화 촬영소 같은 명소가 되었다. 골목길에 대한 향수를 가진 사람들이 오는 것은 반갑게 맞이할 일이지만 함부로 찍어 대고, 소리치고, 웃고 떠드는 등 한바탕 소동을 피우고 가는 뒷모습이 부끄럽다.

그렇지 않아도 빈익빈 부익부 현상에 세상에 할 말이 많은 사람들이 사는 곳이다. 비탈길을 평생 오르내렸지만 지금도 산동네를 떠나지 못한 주민들이다. 언덕배기에서 도심 빌딩을 내려다보고 고함이라도 질러야 할 굴곡진 삶이었기에 아직도 살림살이는 어두운 골목길이다.

다시 처음으로 돌아가자. 축대에 물을 뿌리고 있는 사내에게 한참 동안 앵글이 멈춰 있었다. 화단에 물을 주는 착한 사내겠지 하는 순간, 화면이 바뀌면서 축대에 그려진 꽃들이 물을 콸콸 들이마시고 있었다. 물 머금은 꽃들이 싱싱하게 봉오리를 펼치기 시작했다. 벽화 속의 꽃들이 아침 기지개를 켜는 것이다.

마음 애틋한 동네 사람들이 삭막한 골목길을 지우기 위해 꽃들을 그려 놓은 것이리라. 사내는 날마다 축대에 그려진 꽃들을 위해 물을 뿌렸고 갈증을 달랜 꽃들은 무럭무럭 자랐다.

가난하지만 따뜻한 체취가 살아 숨 쉬고 있는 골목길, 누가 벽화 속 꽃들을 위해 물을 주는 일을 상상이라도 했겠는가? 골목을 보듬고 사는 사람들을 위해 벽화를 그려 주었던 누군가에게 감사하면서 말이다. 벽화 속 화초가 싱싱하게 자라도록 하는 일이 자기와의 약속이었고, 그래서 날마다 즐겁게 물을 뿌리는 것이었다.

어느 시인은 골목을 대하는 따뜻한 시선을 담아 「골목의 각질」이라는 글을 남겨 유명세를 치렀다. 덕지덕지 기운 슬레이트 지붕을 보니 변두리 재개발 지역이라는 것과 아직은 돈 때가 덜 묻어 네 것 내 것 없이 후덕하게 살아가는 곳이니 이웃 간의 정과 마음은 지금도 한결같다.

물뿌리개로 생기를 돋워 줄 연민도 없이 교실 화분들이 죽어 나온다. 아이들이 말라 가는 화분에 어떤 눈길을 보냈을까 한 번쯤 물어봐야 할 일이다.

작은 정성, 짙고 푸른 세상을 만드는 동력원이다.

열병을 앓는 때

심리적 불안, 죽음이라는 기제
학생 의식과 행동, 너무 충동적

눈 내리는 밤을 하얗게 새운 적 있다. 경쟁 사회에서 살아남으려면 맨 앞줄에 서야 한다는 강박증에 극심한 시험 스트레스를 받아서였다. 수능 일이 다가온다.

시험지를 훔치기 위해 인쇄소 담을 넘으려다 붙잡혔다는 짤막한 뉴스가 있었다. 또 열병을 앓아야 할 시기가 왔다. 수능 스트레스에 무방비로 노출된 학생들이 극단적인 선택을 하는 일이 일어날까 노심초사다. 물질 만능주의 팽배에 따른 사회 엘리트 집단의식이 학생들의 어깨를 짓누르고 있으니 기대한 점수에 못 미친다며 좌절하는 학생이 없길 제발 바랄 뿐이다.

비상구가 없다. OECD 국가 중 자살률 1위라는 오명에 불을 붙이는 일은 없어야 한다. 심리적 불안을 죽음이라는 기제로 몰아가는 학생들의 의식과 행동이 너무 충동적이기에 불안하다. 지금의 수능체계를 대대적으로 손질하지 않는 한 서열 방식의 상대적 평가의 폐해를 비켜설 방법이 없다. 고등학교는 이미 수능을 위한 교육 과정 운영에 초점이 맞춰져 있고, 오지선다형 문제를 익숙하게 풀고 푸는 맞춤 기계처럼 돌아가고 있다. 학생들에게 좋은 성적만을 주문하는 학교에 학부모들이 가세하고 있는 형세여서 인성 교육은 비집고 들어갈 틈조차 없다. 그러니, 억지 공부를 핑계로 부모를 해하려 방화를 하고 존속 폭행을 서슴없이 저지르는 일탈과 패륜 행위가 발생하고 있다.

일자리 기약이 없는 대학 교육 역시 과도한 취업 전쟁터가 된 지 오래다. 취업 시험은 정도를 넘어섰고 대학도 고등실업자를 양산하는 양성소에 불과하다. 수능과 대학, 취직과 입시가 별개 장치로 돌아가는 먼 나라 이야기처럼 들린다. 언제쯤 취업 시험 걱정 없는 나라에서 살게 될지 막막하다.

현대판 음서제인 고위 관료층들의 자리 대물림 현상이 뜨거운 쟁점으로 떠올랐다. 그들만의 리그로 침묵의 카르텔을 형성하겠다는 논리다. 곪은 상처는 야무지게 도려내야지, 적당히 일회용 밴드로 덮고 지나갈 일이 아니다. 자리에서 물러나는 것으로 책임을 다했다고 하기에는 이 땅 젊은이들의 사기가 말이 아니다. 애먼 술병만 쌓일 뿐이다.

무엇을 어떻게 가르쳐야 할지 혼란스럽다고 푸념이다. 옆으로 걷는 넘나간 사람들을 바라보며 너는 바르게 걸어야 한다고 가르친들 아무런 울림이 없다. 공명이 없는 가치 혼란 사회에 사는 것이 이토록 어지럽다. 무엇이 정의이며 원칙인지 가르칠 엄두가 나지 않는다며 하소연이다. 언제쯤 입시 지옥 없는 세상이 올지 아무런 기약이 없다.

청년, 아직도 어둡고 긴 터널을 걸어가야 한다.

다시 태어나다, 쎄시봉

서정적인 가사에 멜로디 먹혀들어
통기타와 청바지, 민주화 위한 외침

60, 70년대 포크 가수들의 산실이자 가난한 노래꾼들의 안식처였던 음악 감상실이 새해 벽두부터 '쎄시봉 신드롬'을 일으키고 있다. 정치적 무관심과 상대적 빈곤감이 증폭되면서 희망의 불씨를 지피려는 시청자들의 욕구와 기획자 간의 의도가 절묘하게 맞아떨어졌다. 시청률이 고공행진 하고 있으니 그 나물에 그 밥이라는 예능 프로그램에서 대박을 터뜨린 것이다.

이런 현상은 사회 전반에 일고 있는 복고풍이 주목받는 추세와 관련이 깊다고 할 수 있다. 많은 사람이 자신의 정체성을 찾기 위한 노력으로 과거에 즐겼던 문화 경험을 다시 반추하는 경향이 되살아난 것이다. 옛 추억을 통해 지난날의 감성과 꿈을 새롭게 재생산하려는 노력의 산물이자 욕구 분출이다. 그동안 앞만 보고 달려와 피로감에 지친 7080세대에게 서정적 노랫말과 멜로디가 먹혀들면서 무뎌진 감성에 다시 불씨를 지핀 것이다.

쎄시봉이라는 장소는 현대사적으로 가장 어둡고 혼탁한 시기에 통기타를 상징하는 음악 감상실 겸 다방이다. 그곳에서 기타를 치며 아픈 현실을 노래했고, 청춘을 논하는 등, 70년대 청바지 문화를 주도한 음악계의 음유시인들이 드나들었던 곳이다. 지금은 60대 황혼기에 접어든 노래꾼들이지만 그들이 엮어 내는 음악 세계는 같은 시대를 살았던 사람들뿐만 아니라 요즘 젊은이들에게까지 선풍적인 인기몰이를 하고 있으니 아이러니하다.

7080세대의 대중음악문화가 당분간 시대의 중심을 관통할 듯하다. 방송국에서 진행하는 음악 프로그램을 보기 위해 아침부터 줄을 서거나 인터넷 예매를 신청하는 사람들로 홈페이지가 다운될 지경이란다. 이 시대의 서정적인 음악이 잃어버린 추억과 대화와 감성을 되찾아 주는 창구가 되고 있음이 분명하다.

청년 멘토이자 대학 교수인 김난도는 아프니까 청춘이라고 했다. 청년 실업이 사회 문제로 크게 부각되었다. 70년대 청춘의 상징이었던 통기타와 청바지가 민주화를 향한 외침이었다면, 백수 탈출을 꿈꾸는 요즘 청년들에게 희망의 문이 활짝 열리길 간절히 고대한다.

70년대 청춘들의 자화상을 그린 시 한 편을 소개한다. 무겁지만 가볍게 읽었으면 한다.

그녀는 60년생 박쥐 떼다
새가 되기 위해 눈을 내주고 날개를 달았다
천장에 닿지 않아 추락을 반복했다

80년대 거라는 번잡했으나 매섭고 파워풀했다
손등에 청춘이라는 모조반지가 선명했다
꿈도 그렇다고 라디오가 삑삑거렸다

입구는 열렸으나 출구는 닫혀 있었다
밤에 날개를 비벼 낮에 불을 지펴야 했다
불안한 안식에 엎드려 매달리기도 했다
새는 늘 허공뿐이라며 투덜댔다

단물만 잠깐 빨아먹고 뱉어 버렸다
청춘의 고뇌와 썩은 말이 눙쳐진 껍데기들이
너덜너덜한 박쥐로 발견되었다
충장로 2가 소변 금지 모퉁이에서

– 「껌」 전문

기부의 신, 1004

연탄과 김치, 헌 옷가지 보내고
쌀 포대 지고 산동네 찾는 이웃

어느 자선 모금 단체가 세운 사랑의 온도계 눈금이 예년의 10%를 조금 넘는 수준이라고 한다. 국민이 낸 성금을 유용했던 모금 단체의 도덕 불감증이 원인이었기에 예견되었던 일이다. 잘못을 뉘우칠 테니 모금에 동참해 달라는 관계자의 말을 액면 그대로 받아들일 사람이 없다. 기부 단체의 비리를 더 두고 볼 수 없다는 국민 여론에 엎드려 용서를 빌어야 할 일이다.

강추위에도 기부 천사로 알려진 모 가수가 성금 10억을 쾌척했다는 뉴스가 온도계 눈금을 밀어 올리고 있다. 최근 불거진 기부 단체의 비리에도 '이웃 사랑을 멈출 수는 없다'는 게 그의 소신이다. 지난 10여 년 동안 기부한 금액이 100억을 넘는다고 하니 가히 기부의 신이라 할 만하다. 조건 없는 기부치곤 너무 거액이어서 입이 다물어지지 않는다. 가진 자의 욕심은 끝이 없지만, 잘못을 너그러이 용서하는 자는 많다. 이 땅의 지도층을 자처하는 자들의 무식한 행태와 비교할 때, 모 가수의 행복 바이러스 전파는 천 번 존경받아 마땅할 일이다.

미국의 부유층 사이에서도 자기 재산의 절반을 사회에 환원하겠다고 약속하는 '기빙플레지'라고 불리는 운동이 전개되고 있다. 이 기부 서약 운동에 빌게이츠나 워런 버핏 같은 세계적 부호들이 대거 참여하고 있다.

기부 문화는 기업이나 개인의 이익을 사회로 환원하는 일이다. 〈스타워즈〉라는 영화로 유명세를 치른 조지 루커스는 '인류가 살아남기 위해서는 교육의 질을 개선하는 데 투자를 아끼지 않아야 한다'라며 기꺼이 '기빙플레지' 운동에 서명했다.

미국이 세계의 강국이라는 걸 기부 문화에서도 잘 보여 주고 있는 셈이다. 어떻게 되었든 번 돈은 다시 사회로 환원해야 한다는 확고한 도덕적 신념을 행동으로 보여 주고 있다. 국가 미래를 위해 교육에 먼저 투자하겠다고 한 조지 루커스의 생각을 되짚어 볼 일이다.

많든 적든 우리나라도 재벌들이 성금이라는 명목으로 기부하는 일이 종종 있다. 그러나 미국에서의 예처럼 아무런 감동도 고마움도 느끼지 못하는 이유가 무엇일까? 이면을 들여다보면 마지못해 내놓는 준조세 성격의 기부가 태반이거나 반대급부를 노린 불순한 의도가 들어 있다는 것이다.

사회 공동 번영의 가치 추구를 위한 국민적 상생의 '우리'라는 인식보다 '내가 먼저'라는 비도덕적 우월성이 그들을 지배하고 있는 것이 아닌가 싶다. 나보다는 우리가 있었기에 가능했다는 공존의식이 자발적인 기부 행위로 자연스레 연결되어야 하는데도 말이다.

바느질로 평생 모은 돈을 사회에 기부한 어느 할머니의 용기 있는 결단이 고마운 것은 동병상련의 아픔을 기부라는 선택적 행위로 연결했다는 점 때문이다. 몇몇 연예인이 기부를 통하여 기부 천사라는 호칭을 얻었고, 신분을 밝히지 않은 독지가들의 말 없는 선행도 칭찬받을 일이다.

전국이 꽁꽁 얼어붙었다. 행인들 옷차림새가 터번을 능가한다. 올겨울이 유독 추울 거라는 건 이미 여러 곳에서 감지되었다. 어두운 뉴스가 세밑을 관통하다 보니 적지만 이웃을 위해 쓰라는 학생들의 코 묻은 성금이 새지 않을까 걱정이다. 연말연시에 돌아봐야 할 이웃들이 너무 많다. 독거노인을 위해 연탄을 들여야 하고, 김치를 담가 보내고, 쌀 포대를 짊어지고 산동네를 올라가는 이웃이 있어 그나마 다행이다.

기부의 신, 천사다.

팽목항에서

노란 리본, 무사 귀환의 간절한 희망

국민 상식, 국가 품격 함께 수장되어

여기는 팽목항, 한 중년 사내가 넋을 잃은 채 비에 젖고 있다. 살갗을 찢는 새벽 맹골수로 바람에도 아랑곳없이 깨져 버린 수평선만 바라보며 어깨를 들썩거린다. 손을 내밀면 쉬 닿을 것만 같은 바다, 금방이라도 아빠를 부르며 달려올 것 같아 흐린 눈을 겨우 맞추고 몇 날 며칠 울음을 꾸역거리고 있다. '살아 돌아오기만 해다오', '꼭, 살아 돌아와야지'. 시퍼런 허공으로 딸을 밀어 버린 아빠의 죄를 천 번 만 번 용서해 달라며 머리를 떨군 사내, 참 나쁜 세상의 부질없음을 되뇌며 되뇐다. 벌써 사고 발생 보름여가 속절없이 지나가고 있다.

사내의 등 뒤로 날개 젖은 노랑나비가 팔랑거리다 멈추더니 이내 또 팔랑거린다. 어디서 날아왔는지 선착장 난간에 금세 수천 마리가 펄렁거린다. 누가 먼저랄 것도 없이 각지에서 달려온 조문객들이 노란 리본을 묶기 시작한 것이다. 발을 동동 구르며 애태우는 실종자 가족들이 자식의 무사 귀환을 비는 간절한 희망을 함께 묶어 놓은 것, 딸이 무사히 가족 품으로 돌아올 것이라는 기대에 밤새 뜬눈으로 두 손을 모았지만, 바다는 아직도 묵묵부답이다.

　재난 체계 부재, 긴급구조 난맥상에 구호뿐인 대책, 초유의 대형 해상 참사에 온 국민이 공황 상태에 빠졌다. 젊은이들이 해상사고로 이렇게 한꺼번에 희생된 나라가 지구상 어디에 있으며, 살아 있는 사람마저 고개를 들지 못해 스스로 죄인 취급을 해야 하는 현실을 어떻게 받아들여야 할지 가슴이 미어진다. 비통함과 애석함, 온몸으로 평생 빌어도 용서받지 못할 일, 책임을 묻는 자는 있어도 책임지는 사람이 없다.

　초기 대응 실패 책임을 두고 인재니 관재니 하며 네 탓 내 탓 공방을 벌이고 있는 사이 구조 시간은 지체되었고, 듣지도 보지도 못한 사람이 느닷없이 나타나 국민의 시선을 어지럽게 만들었다. 이번에는 구조대 간의 의견 충돌로 구출 작업은 지체되고 갈팡질팡에 우왕좌왕이었다. 어떤 게 진실이며 거짓인지 혼란만 거듭하다 보니 늘어나는 건 꽃처럼 스러지는 희생자들이다. 몇 년 전, 씨랜드 화재사건의 충격 때문에 이민을 떠난 어느 가족의 육성이 귓속을 후빈다. '차마, 이제는, 그래서 아이의 안전을 위해 한국을 떠난다…….'

　국민의 상식도 국가의 품격도 함께 수장되어 버렸다. 국민의 생명을 지키지 못하는 재난 구조의 한계로 후진성을 면치 못하는 국가로 전락하고 국민의 자존심도 깡그리 무너졌다. 총체적인 국가 비상사태라고 해도 할 말이 없다. 구조 장비의 부족, 구조 방식이나 해난 구조 전문가의 부재, 재난 상황을 총괄하는 컨트롤 타워 문제 등이 이번 사고의 원인이라고 강변한다. 책임 회피성 발언으로 통탄에 빠진 우울한 국민을 달래기에는 전혀 설득력이 없다.

절망으로 변한 팽목항에 며칠째 부슬부슬 비가 내린다. 사내는 차디찬 시멘트 바닥에 무릎을 꿇는다. 살아서 돌아오라고 울부짖던 절규는 파도에 묻혀 사라진 지 오래다. 노란 리본마저 비에 젖어 날아갈 방향을 잃어버렸는지 난간에 온몸을 칭칭 감고 있다. 사고 없는 세상에 태어나 다시 만나자며 울먹이는 유가족의 뒷모습이 카메라에 잡혔다가 곧 사라진다.

야속하게 열여섯 번째 어둠이 팽목항을 두드리고 있다.